OCH ALDRIG JAG LÄMNAR DIG ÅTER

LUNA MILLER

FRUÄNGSDECKARNA
ANDRA BOKEN

© Luna Miller 2019

Förlag: BoD – Books on Demand, Stockholm, Sverige

Tryck: BoD – Books on Demand, Nordenstedt, Tyskland

ISBN: 9789175690773

1.

Onsdag 28 oktober

Aidan hade just köpt sitt andra glas rödvin när Drew kom tillbaka från dansgolvet och i det närmaste kastade sig över det som var kvar av hans öl. Svetten blänkte i pannan och han hade ett stort leende på läpparna. Trots att Aidan var ganska berusad vid det här laget kunde han se att Drew var på riktigt bra humör. Just nu var det faktiskt det enda som betydde något.

Tidigare på eftermiddagen hade Aidan mött upp Drew vid flygbussarna på cityterminalen. De hade tagit tunnelbanan till Östermalmstorg och promenerat bort till Tudor Arms på Grevgatan. Engelsmän som de var, uppskattade de den gedigna pubmiljön och bartenderns artighetsfraser när han serverade dem varsin pint.

De hade satt sig lite avsides för att kunna prata fritt. Vilket var precis vad Drew behövde. Hans senaste pojkvän hade visat sig vara ett riktigt svin. Inte för att Drew egentligen någonsin trott något annat. Men det hade ändå svidit rejält när han övergivits till förmån för någon patetisk B-kändis, som Drew själv beskrev det. Han hade själv aldrig varit så mycket för långa relationer. Det handlade mer om sårad stolthet än om krossat hjärta. Något som visade sig läka snabbt. Redan efter varsin Vegetarian Garden Burger och ett par Kilkenny var allt glömt, om än inte förlåtet, och Drew var på ett strålande humör igen.

När Drew hade ringt Aidan några dagar tidigare och frågat om han kunde komma över från London, för att lätta sitt hjärta, hade Aidan anat hur kvällen skulle sluta. Så för att underlätta för sig själv hade han sett till att inget jobb väntade honom nästa förmiddag. I Drews personlighet fanns en lätthet och glädje som gjorde att han sällan kunde hålla fast i bekymmer och nederlag särskilt länge. Vad som än hände var det sällan något som inte kunde botas med en fest eller utekväll. Så även denna gång. Det tog inte lång tid innan stämningen var på topp och Drew försökte dra sig till minnes vilken av Stockholms alla gayklubbar han gillade mest. Knappt en timme senare satt Aidan i loungen på Club Nype medan Drew släppte loss i house-rummet.

Det gladde verkligen Aidan att se sin vän sprudla av energi så snart igen. Även om han var medveten om att den tråkiga delen av kvällen hade börjat för hans egen del. Att dansa hade aldrig varit Aidans starka sida och det var inte troligt att han skulle hitta någon annan att snacka bort tiden med. De flesta som var på Club Nype var antagligen inte ute efter att skaffa ännu en hetero vän. Aidan ville inte heller ge någon en falsk förhoppning. Inte för att han trodde sig vara särskilt het eller attraktiv i det här sammanhanget. Men ändå. Det blev mest att sitta och stirra i glaset och försöka se upptagen ut.

Istället för att slå sig ner bredvid Aidan gick Drew iväg till baren och kom snart tillbaka med öl till dem båda. Han var redan tillräckligt berusad för att ha glömt att Aidan gått över till vin. Men det gjorde inget. Aidan log uppmuntrande och nickade när Drew klunkat i sig hälften av sin nya öl och frågade om det var okej att han lämnade Aidan igen för dansgolvet.

De hade varit ute tillsammans otaliga gånger både i Stockholm, London och Manchester. Aidan tyckte att det här stället tillhörde de trevligare. Det fanns både en bar och en lounge att hänga i. Men han saknade sällskapet och samtalen de haft för några timmar sedan. Drew var en gammal och kär vän. Men de sågs alltför sällan. När de väl träffades hade de mycket att prata om. Men just nu hade Drew inte tid.

Plötsligt hände något i baren som väckte Aidans nyfikenhet. En kvinna, som han gissade var i hans egen ålder, brusade upp mot en bartender. Hon höll fram sin telefon som om hon var ivrig att visa något. Men bartendern verkade inte ett dugg intresserad. Istället gestikulerade han

6

med sin fria arm och himlade med ögonen innan han försvann iväg med en bricka med drinkar. Den intensitet som kvinnan haft i samtalet med bartendern verkade snabbt rinna av henne. Plötsligt såg hon vilsen och uppgiven ut. Hon såg sig om. Som om hon letade efter någon. När hon mötte Aidans blick skyndade han sig att vinka henne till sig. Med tveksamma steg och undrande blick närmade hon sig långsamt.

"Hej. Har du problem? Kan jag hjälpa dig på något sätt?" Aidan försökte skärpa sig så gott det gick för att verka nyktrare än han egentligen var. Han var både nyfiken på vad hon höll på med och ivrig att få sällskap om så bara för en liten stund.

"Jag vet inte. Kanske." Plötsligt tändes en strimma av hopp i kvinnans vackra ögon. "Känner du igen den här personen?"

Aidan gav sig tid att titta på fotot på mobilen även om han genast visste att han inte kände igen mannen. Han såg proper och stilfull ut. Fotot såg ut som den typen av porträtt som används i jobbsammanhang. Aidan tyckte att mannen inte verkade ha en stil som skulle passa in på Club Nype. Precis som Aidan själv. Här var folk mer hippa och extrema än propra. Men mannen på bilden kanske också hade en annan sida. Det var väl knappast ovanligt att personer med strikt klädkod på jobbet slängde kavajen och slipsen på fritiden.

"Tyvärr. Men jag brukar inte heller gå hit. Jag följde med en gay vän ikväll." Aidan var tydlig med att försöka poängtera att han var hetero för kvinnan med de vackra ögonen. "Men jag har en hel del erfarenhet av spaning. Jag hjälper dig gärna om jag kan." Han tänkte att "en hel del erfarenhet" var relativt. Hans nära vän Gunvor, som jobbade som privatspanare sedan något år, hade säkert tyckt att han for med lögn. Med viss rätt. Samtidigt kunde han nog mer än de flesta. Med tanke på alla kvällar han agerat bollplank åt Gunvor när hon varit mitt inne i något uppdrag. Gunvor skulle säkert förstå att han inte ville att den här situationen skulle glida honom ur händerna. En vacker kvinna som letade efter en man på en gay-klubb och som med största sannolikhet behövde en räddare i nöden.

"Kan jag sätta mig?" Plötsligt lät hennes röst nästan ynklig.

"Självklart. Förlåt att jag inte föreslog det själv." Aidan som alltid var noga med att vara artig, som så många andra engelsmän, skämdes för att han inte tänkt på det. Han reste sig och drog ut stolen som stod närmast hans. Inte för att det behövdes. Men han kunde se att hon uppskattade gesten. "Vad är det som har hänt?"

"Det är min vän. Sebbe. Han är försvunnen."

"Oj, vad obehagligt. Hur länge har han varit borta? Har du pratat med någon i hans familj?" Aidan fick hejda sig för att inte kasta ur sig alltför många frågor på en gång.

Kvinnan dröjde med svaret. Hon satt helt stilla med blicken på den kladdiga bordskivan. Till en början var Aidan osäker på om hon verkligen hört honom. Men så tänkte han att hon uppenbarligen hade det jobbigt och nog bara försökte samla sig. Så han avvaktade. Till slut lyfte hon blicken och såg på Aidan med tårfyllda ögon.

"Jag har inte hört något från honom på ungefär en vecka. Och vi brukar höras nästan varje dag." Plötsligt rann en tår över hennes kind. Hon torkade bort den innan hon fortsatte. "Det enda jag vet är att han skulle träffa någon. Men jag vet inte vem. Han brukar träffa ganska många…"

Hon betonade "träffa" på ett sätt som gjorde att Aidan förstod att det betydde mer än bara ses på en fika.

"Aha. Män eller kvinnor?"

Kvinnan ryckte till och stirrade på honom som om det han just sagt chockat henne.

"Alltså är han hetero eller gay? Eller bi? Med tanke på att du letar efter honom här."

Eftersom Aidan egentligen inte heller var en särskilt frispråkig person hade han blivit illa till mods av kvinnans starka reaktion. Hon svarade i alla fall.

"Vi brukar inte umgås så. Alltså gå ut på kvällarna. Han gillar det. Men inte jag. Vi pratar inte så mycket om det heller. Jag är vän med en annan del av honom, liksom. Men som jag förstått det så gillar han både och."

För en kort stund tyckte Aidan att hon såg äcklad ut. Men hon var antagligen bara fylld av oro. Aidan tyckte att det var lite märkligt att så nära vänner inte pratade om kärlek, sex, romantik eller vad det nu handlade om. Samtidigt tänkte han att han själv skulle kunna vara utan en hel del av alla detaljer som Drew försåg honom med. Det kunde bli lite väl mycket av den varan emellanåt. Bilder av andra som han helst inte ville ha i sitt huvud. Kanske kunde det trots allt vara en styrka i en vänskap att inte veta precis allting. Deras vänskap baserades säkert på något gemensamt intresse eller liknande. Aidan var nyfiken på vad det skulle kunna vara, men lät det bero.

"Hur kommer det sig att du letar här? Brukar han gå hit?"

"Jag tror det. Vi pratar ju, som sagt, inte så mycket om det. Men han har väl nämnt det någon gång. Eller så har jag hört honom prata om det med någon i telefon. Det var i alla fall det första stället jag kom att tänka på. Alltså, när jag insett att han var försvunnen och jag bestämt mig för att leta efter honom. Men de är inte precis hjälpsamma här." Kvinnan grimaserade och nickade menande mot baren.

Aidan kunde till viss del förstå kyparens ovilja. En del personer kanske inte ville bli hittade. Eller vara den som avslöjade någon annan. Särskilt om man inte visste vad det rörde sig om. Men det kändes ändå som en trist attityd eftersom det stod bortom allt tvivel att kvinnan var utom sig av oro.

"Aidan." Hans artiga sida vaknade plötsligt till liv igen och han sträckte fram handen till en hälsning.

"Marie."

Hon la sin förvånansvärt svala och smala hand i hans för en kort stund. Greppen var fastare än han väntat sig. Just då kom Drew tillbaka från dansgolvet i sällskap med en annan man.

"Nice to see that you are not wasting your time." Drew himlade menande med ögonen mot Aidan innan han sträckte ut handen för att hälsa på Marie.

"Drew. And this is Mogge." Med det försvann Drew till baren.

Aidan kunde aldrig sluta fascineras över svenskars förmåga att hitta på märkliga smeknamn och dessutom presentera sig med det. Till hans glädje sträckte Mogge fram handen och presenterade sig med sitt fulla namn.

"Morgan Lundin."

Hans handslag var fast och handen varm. När Morgan även skakat hand med Marie bjöd Aidan in honom att sätta sig vid bordet.

"Vi skulle behöva din hjälp."

Aidan var ivrig att hjälpa Marie. När Morgan satt sig tillrätta och tittade nyfiket på dem vände sig Aidan mot Marie och pekade på hennes telefon. Marie förstod genast vinken och knappade in pinkoden på telefonen innan hon höll upp den mot Morgan.

"Ursäkta att jag är framfusig, men jag undrar om du känner den här mannen."

Morgan såg först förvånad ut. Men när han såg fotot spred sig ett leende över hans läppar. Lite skämtsamt höjde han armarna i en gest som visade att han gav upp.

"Guilty."

Aidan kastade en snabb blick på Marie. Hon visade inte med en min vad hon kände så han fortsatte.

"Känner du honom väl? När såg du honom senast?"

"Varför undrar du?" Plötsligt såg Morgan lite misstänksam ut.

Då bröt Marie in i samtalet igen.

"Jag är en nära vän. Alltså inte så…" Marie hade svårt att hitta rätt ord men struntade i att försöka förklara när hon såg att Morgan förstod vad hon menade. "Han är försvunnen. Jag har inte hört från honom på en vecka och vi brukar höras varje dag. På jobbet vet de inte heller var han är."

Aidan kunde ana ett stråk av oro i Morgans ögon.

"Fan, vad jobbigt. Jag ska berätta allt jag vet även om det inte är mycket."

Just då kom Drew tillbaka från baren med fyra öl och ett strålande humör. Aidan hade inte hunnit börja på sin första öl men lät bli att påpeka det och förklarade istället vad de pratade om. Drew fattade genast att han förväntades hålla käften en stund.

"Vi hade ett slags förhållande. Alltså inte kärlek och så, utan rent sexuellt. Vi träffades här första gången. Han var inte här för att dansa, om

11

jag säger så. Vi gick hem rätt snabbt efter att vi fattat tycke för varandra och sedan har vi träffats lite då och då. Antingen hos mig eller på hotell. Jag vet faktiskt inte ens var han bor."

"När träffade du honom senast?"

"Det är typ tre veckor sedan. Jag har varit bortrest. På semester. När jag kom hem i söndags skickade jag ett meddelande. Han svarade inte så jag lät det vara."

"Du har alltså inte hört av honom alls på tre veckor?"

"Det stämmer. Det kändes lite tråkigt att han inte svarade. Men nu har jag annat att tänka på." Morgan gav Drew en menande blick. Drew, som inte förstod ett ord av samtalet, var ändå inte sen att le flirtigt tillbaka samtidigt som han la sin hand på Morgans arm.

"Vet du om han hade andra?"

"Ja, Gud ja. Han var en hungrig rackare. Men jag låg högt upp på hans lista, vad det verkade. Han gav mig den här." Morgans fingrar letade sig innanför kragen på den ljusgrå skjortan som såg skräddarsydd och dyr ut. När de hittade vad de sökte drog han fram en liten silverängel i en kedja. "Han sa att jag var hans ängel eftersom jag gav honom det han behövde."

Aidan sneglade på Marie igen, orolig för att detta kanske var mer detaljer än hon ville ha. Men hon var antingen oberörd inför det Morgan sa eller väldigt bra på att hålla masken. När Aidan hörde Drew säga att han kunde bli Morgans ängel lät han de två männen vara för en stund och ägnade sig åt Marie.

"Det kanske inte gav så mycket. Men nu vet vi i alla fall att han brukar gå hit." I samma sekund som han sa "vi" blev han osäker på om Marie eventuellt tog illa upp av att han inkluderade sig själv i hennes letande. Det var dessutom andra gången han använt "vi" om sig själv och Marie. Men inte heller nu visade hon med en min vad hon tänkte.

"Jag har också fått ett sådant halsband." Hon tittade ner i bordet och verkade långt borta i tankarna. Nästan som om hon pratade för sig själv. "Jag är också hans ängel."

Aidan kunde inte tyda hennes ansiktsuttryck. Hon log svagt. Enligt Aidans något dimmiga analysförmåga kunde det vara allt mellan melankoli och sarkasm och snart var ögonblicket över.

"Nu ska jag nog ta och dra mig hemåt. Jag är helt slut." Marie såg på Aidan. "Tack för hjälpen. Det betyder mycket."

"Det var så lite. Här." Aidan hade fiskat upp ett av sina kort ur fickan. "Ta mitt kort. Det är för min andra verksamhet som fotbollscoach. Men mitt nummer står där. Ring mig om du vill träffas imorgon så kan vi planera hur vi går vidare."

I samma sekund han sagt det kände han hur dumt det var att trassla in sig i ännu mer lögner. "Min andra verksamhet" antydde att hans "första verksamhet" skulle kunna vara spaning. Han var väl medveten om att åtaganden som att skjutsa Gunvor och höra på hennes historier inte var samma sak som att själv vara spanare. Hans egen erfarenhet sträckte sig till att försöka skugga en kvinna från Berns, i Gunvors förra fall, och tappa bort henne direkt. När Gunvor, med Davids och Elins hjälp, till slut hade löst fallet hade han själv varit i Manchester för att hålla ett träningsläger för ett F19-lag.

Aidan tänkte att om Marie ville träffa honom igen så skulle han tids nog få tillfälle att berätta att hans andra jobb var som engelskalärare.

13

"Okej. Tack." Marie verkade i alla fall inte misstycka. Hennes svala läppar snuddade vid hans kind innan hon reste sig och höjde handen till en avskedshälsning.

2.

Torsdag 29 oktober

Mogge kunde inte annat än fullständigt skita i sina principer om att inte vara intim med en annan man på offentlig plats. Det enda han ville var att kyssa denna underbara man och att stunden aldrig skulle ta slut. Men när konduktören på Arlanda Express för andra gången, med mild och tålmodig röst, sa att Drew måste kliva på nu om han skulle med, skiljdes deras läppar.

Drew blev stående innanför tågdörrarna när de stängts. Han lyfte handen och tryckte den mot fönstret. Mogge svarade med att lägga sin hand emot den på andra sidan glaset. De såg in i varandras ögon och visste att de måste ses snart igen. Vilket de också bestämt. Men imorgon kväll var en evighet bort. När tåget började rulla tog Mogge några steg innan hans hand gled av rutan. Han blev stående och såg efter tåget. Långt efter att han inte kunde se Drew mer. Det var först när ett nytt tåg rullade in i bortre änden av perrongen som han kunde samla sig och vända hemåt.

Mogge promenerade hem till lägenheten på Grev Turegatan. Det enda han kunde tänka på var Drew och deras natt tillsammans. Först hade de dansat sig svettiga på Club Nype. Sedan hade de hållit varandra vakna hemma hos honom. Mogge hade snabbt blivit berusande förälskad och försökt övertala Drew att stanna lite till. Drew hade övertygat honom om att han verkligen ville stanna men måste tillbaka till London för att jobba. In i det sista hade de legat i varandras armar. Vilket gjort att de sedan bara hade hunnit med en kopp kaffe, på stående fot, innan det blivit bråttom till Drews flyg. Under promenaden till T-centralen hade Drew bjudit honom att komma och hälsa på i London. Mogge hade genast nappat. Han ville inget hellre.

Trots att Mogge knappt fått en blund i natt var hans plan att jobba undan så mycket han kunde under dagen och delegera det som gick att delegera till sina medarbetare. Det skulle göra att han kunde hålla firman flytande genom att bara jobba någon timme per dag i ett par veckor. På distans. Från London närmare bestämt. Han hade ännu inte sagt det till Drew. De hade bara pratat om helgen. Mogge hade inte velat vara för påflugen. Men efter deras känslosamma avsked gissade han att Drew kände samma sak. Plötsligt kunde han inte hejda sig längre utan tog upp telefonen ur fickan.

Miss you...

Det tog inte många sekunder innan han fick svar.

Longing for you...

Han log stort trots att han förstod att han nog såg fånig ut där han gick för sig själv. Men han sket i vilket. Han kände sig mer upprymd och förväntansfull än på länge. Vad gjorde det att folk såg det? Hela världen fick gärna veta hur vansinnigt förälskad han var.

Han var så inne i sina tankar att han inte märkte att porten inte slog igen efter honom. Han hörde inte heller de tysta stegen som snabbt tog sig uppför trapporna medan han själv åkte upp till tredje våningen i den vackra men långsamma hissen. Han varken hörde eller såg någonting ovanligt förrän han öppnat in till sig och klivit in i hallen. När någon trängde sig in efter honom.

Huggen kom våldsamt och snabbt efter varandra. Det gjorde fruktansvärt ont. Han ville skrika. Få stopp på det. Han skulle ju till London. Men han fick inte ifrån sig ett ljud. Han tänkte på Drew och snart var det över.

3

Gunvor möttes av en varm och lite unken lägenheten. Det var ingen tvekan om att hennes hem varit övergivet i över en månad. Hon gick en snabb runda i tvårumslägenheten och konstaterade att hennes granne och goda vän Aidan lyckats hålla både citronträdet och de andra växterna i köksfönstret vid liv. När hon fick syn på en flaska rödvin på köksbordet log hon belåtet. Instucken under flaskan låg en lapp från Aidan som hälsade henne välkommen hem. Gunvor skickade honom en tacksam tanke, men var samtidigt lite besviken. Hon hade hoppats, ja faktiskt i det närmaste förväntat sig, att han skulle vara hemma och ta emot henne själv.

Senast de sågs var innan han gav sig av till Manchester för ganska precis sex veckor sedan. Efter det hade hon, Elin och David genomlevt ett vidrigt dygn. David hade bevittnat ett mord Elin hade blivit kidnappad och Gunvor själv hade också blivit tillfångatagen. Sitt eget trauma hade Gunvor kommit över ganska snabbt. Hon var ju trots allt privatspanare och medveten om riskerna. Men det dåliga samvetet, som hon hade för att hon dragit in Elin och David i det livsfarliga uppdraget, hade varit svårare att komma över. Hennes älskade särbo Kjell hade om och om igen tröstat henne med att de var vuxna nog att göra sina egna val. Samtidigt hade han varit tydlig med att han tyckte det började bli dags för Gunvor att byta livsstil. Han älskade henne för att hon var just den hon var. Samtidigt hade han insett att hennes nya jobb inte var så ofarligt som Gunvor tidigare låtit påskina. Kjell levde pensionärsliv på Gran Canaria och väntade på att Gunvor skulle avsluta sin karriär och flytta ner till honom.

När de träffades första gången hade hon abrupt fått avsluta sin karriär som kirurg på grund av skakiga händer. Att hon då hade haft behov av att arbeta några år till hade Kjell haft stor förståelse för. Men när det nu hade gått över ett år, och den nya karriären hade visat sig vara med fara för eget liv, tyckte Kjell att det var dags för Gunvor att släppa taget om arbetslivet och bli hans livskamrat i det kanariska solskenet. Men Gunvor var inte där än. Så när Manuel hört av sig med ett nytt uppdrag hade hon rest tillbaka till Fruängen på obestämd tid.

Aidan och Gunvor hade pratat både på telefon och via skype under Gunvors månadslånga vistelse på Gran Canaria. Men hon hade ändå sett fram emot att till slut, deras vana trogen, få sitta med en god flaska rödvin och levandegöra historien igen. Driven av Aidans frågor.

Även om det var ganska sent korkade hon upp flaskan och fyllde ett av sina favoritvinglas från Indiska. Hon tänkte att från och med imorgon fick det vara slut med slarvandet. Trots föresatser om att ändra livsstilen under sina veckor i Arguineguín hade hon och Kjell delat på en flaska vin till maten de flesta kvällarna. Innan middagen hade det, allt som oftast, blivit en aperitif för att fullborda njutningen av kvällssolen på terrassen. Efter middagen var det härligt att avsluta dagen med ännu ett glas vin i den sena, varma kvällen.

Oktober var på väg mot sitt slut och Stockholm bjöd inte längre på varma kvällar på balkongen. Istället satte hon mörkröda stearinljus i stakarna som hon köpt på Konstfacks julmarknad året innan. Snart kändes det mysigt trots att hon var utan det sällskap hon hoppats på.

Hon blev sittande tills hela flaskan var tom. Efter att hon druckit halva hade det känts helt logiskt att dricka upp resten. Så hon kunde starta sin nya fas imorgon. Eller senast i övermorgon. En vit period.

Morgondagen skulle börja med ett möte med Manuel och den nya klienten. Manuel var chef för den detektivbyrå hon jobbade på. När de hade behov för henne. Även Manuel hade riskerat sitt liv i deras förra fall. Om det inte varit för Gunvor och David hade det kunnat gå riktigt illa för honom. Vilket både stärkt deras relation och Manuels förtroende för Gunvor.

Till kvällen skulle Elin och David komma på middag. Så Gunvor måste hinna med ett besök på Citygross i Kungens Kurva också. Hon behövde fylla på både kyl och frys och köpa något riktigt gott till sina unga gäster. Det skulle minst sagt bli härligt att träffa dem igen. De hade bara haft sporadisk kontakt under Gunvors Spanienvistelse. Efter det dramatiska uppdraget hade det verkat som om alla haft behov av att hålla sig lite för sig själva. Men nu skulle det bli kul att ses igen.

När Gunvor till slut masade sig i säng hade hon hunnit grunna både länge och väl över vad som kunde vara så viktigt att Aidan inte hade tid med henne. De kände varandra väl. Hon kanske inte visste allt om honom. Men i alla fall det mesta om hans arbetsrutiner och vanor. Det behövdes inte många ord från honom för att hon skulle förstå. Förutom nu.

Welcome home. Busy, so see you later. I left coffee, milk and vegetarian pie. For later!

Det var första gången han inte berättat vad han var så upptagen med. Han hade både handlat och vattnat blommorna men sedan bara skrivit ett kort meddelande. En mening till hade han utan tvekan hunnit med. En mening som förklarade läget.

4.

Trots ett styng av nervositet var Aidan glatt förväntansfull inför sitt möte med Marie. I morse, när tankarna varit något klarare än kvällen innan, hade han känt sig väldigt osäker på om han någonsin skulle höra från henne igen. Men redan under tidig eftermiddag hade hon skickat ett meddelande och frågat om han kunde ses samma kväll. Trots ett lite dåligt samvete gentemot Gunvor tackade han genast ja. Han och Gunvor hade inte träffats på länge så det hade självklart varit trevligt att träffa henne direkt när hon kom hem. Å andra sidan skulle hon vara hemma ett tag nu. Så det var inte direkt någon stress med att ses. För att kompensera Gunvor, och det dåliga samvetet, hade han lagat en paj av det han kunde hitta i kylskåpet. Han hoppades att det, tillsammans med en flaska vin, skulle lindra eventuell besvikelse. Det handlade ju trots allt bara om en kväll.

Aidan hade velat kolla upp Marie. Han visste ju i stort sett ingenting om henne och var nyfiken på all information han kunde få. Men det var omöjligt. Han visste fortfarande bara vad hon hette i förnamn. Telefonnumret som hon skickat meddelandet från var ett oregistrerat kontantkort.

Aidan hade ingen aning om huruvida hon levde själv eller med en sambo. Eller rentav familj. Han hade antagit att hon var ensamstående eftersom hon var ensam ute och letade. Samtidigt var Aidan väl medveten om att det fanns de som i stort sett levde separata liv trots att de hade en kärleksrelation. Marie hade kanske en partner som jobbade mycket. Eller som var bortrest. Aidan bestämde sig för att fråga henne under föresvävning att förstå situationen bättre.

Marie satt redan med en kopp kaffe och en macka framför sig i ena hörnan av Café Rival. Nersjunken i soffan, under den knallgröna väggen med foton på Stockholmsprofiler, såg hon mindre ut än han mindes henne.

20

Kanske var det skörheten i hennes blick, eller den trötthet hon utstrålade, som fick henne att se så liten ut. Det låg en känsla av övergivenhet över henne som var så stark att den nästan gick att ta på.

Innan Aidan gjorde sin beställning vid disken skakade han hand med Marie och hängde sin jacka på stolsryggen mitt emot hennes plats. Eftersom han hade smakat en stor bit av pajen därhemma nöjde han sig med en starköl och hoppades att Marie inte skulle misstycka.

"Inget nytt?" Aidan tänkte att det kanske var en onödig fråga. Men det kändes ändå som en bra inledning.

"Nej."

Trots oron i hennes blick hade Aidan svårt att inte fascineras över hur vackra hennes ögon var. Mandelformade med magiska gråa stänk i allt det gröna. Han fick verkligen anstränga sig för att hålla sig till saken. Som tur var hade han förberett ett litet anförande. Innan han började tog han flera, stora klunkar av ölen i förhoppning att motverka den plötsliga nervositeten och den tryckande baksmällan.

"Okej. Så här tänker jag." Aidan gjorde en liten konstpaus för att markera att han hade något viktigt att säga. Innan han fortsatte plockade han snabbt upp ett block och en penna ur sin nya axelremsväska från Tiger of Sweden. Han hade kostat på sig den några dagar tidigare trots att han egentligen inte riktigt haft råd. "Jag vill att du berättar allt du kan komma på om Sebbe. Om er relation. Hur mycket vet du om honom? Hur mycket vet han om dig? Vad brukar ni göra tillsammans? Vad vet du om vad han gör när ni inte umgås? Hur ofta brukar ni träffas? Det här är viktigt för att jag ska kunna göra en profil av honom." Aidan hade förberett sig genom att tänka igenom hur Gunvor brukade göra när hon byggde upp en bild av en saknad person. Syftet var bland annat att kunna lista ut vad personen ifråga skulle kunna tänkas göra eller inte göra av fri vilja.

21

För några sekunder såg Marie förvirrad ut. Aidan gissade att det berodde på all den oro hon bar på. Men så riktade hon blicken till något utanför på Mariatorget och harklade sig lite.

"Äh... Vi är väl lite som ett strävsamt gammalt par. Vi har känt varandra länge. Ända sedan gymnasiet. Vi hade väldigt kul tillsammans då. Festade mycket." Plötsligt log hon lite vemodigt. "Vi var stammisar på flera inneställen. Gick före i kön och så. Typ på Big Brother. Och sedan på 1984. After Dark. Och vad hette det andra...? Just ja. Confetti. Och så Ritz förstås." Marie tystnade och verkade försjunken i tankar.

Aidan, som flyttat till Sverige först när han närmat sig trettio, hade ingen koll på de ställen hon nämnde. Han skyndade sig att skriva ner namnen i sitt block.

"Det blev mer och mer festande. Flera dagar i veckan. Jag tröttnade ganska snabbt. Men inte han. Eftersom Sebbe aldrig varit särskilt mycket för att berätta, och jag aldrig varit särskilt nyfiken, så vet jag i stort sett ingenting om den delen av hans liv." Marie stirrade fortfarande ut genom fönstret. Hon suckade, knappt hörbart, innan hon fortsatte. "Vi har vår egen värld. Det räcker för oss."

"Hur ofta träffas ni?"

Marie verkade tänka en lång stund innan hon svarade.

"Han jobbar rätt mycket så vi träffas då och då när han har tid."

"Hur ofta är det?"

"Några gånger i veckan kanske." Maries svar var påtagligt svävande.

"Och var jobbar han?"

"Det spelar ingen roll. Jag har pratat med dem. De vet inget och jag vill inte att du pratar med dem."

Aidan släppte det. Det var Maries vän som var försvunnen så hon fick bestämma.

"Har ni några stamställen som vi kan leta på? Något café eller restaurang?"

"Nej."

Svaret kom snabbt. För en sekund såg det ut som om hennes ögon var på väg att tåras. Men plötsligt ändrades hela hennes attityd. Vemodet var som bortblåst och hon såg på Aidan med uppfordrande blick.

"Jag vill inte berätta för mycket om honom. Det känns inte bra. Han är min vän och han har ett stort förtroende för mig. Det kan jag inte svika. Jag tror inte heller att du behöver någon profil på honom för att hjälpa mig att leta. Jag har ju fotot på min mobil som vi kan visa. Men jag skulle bli väldigt tacksam om du hjälper mig med var jag ska leta. Jag går som sagt sällan ut.

Aidan blev besviken av hennes hemlighetsfulla attityd. Men samtidigt glad för att hon var så tydlig med att hon behövde hans hjälp.

"Absolut. Jag känner till de flesta gay-ställen här i stan. För jag gissar att det är där vi ska leta?

Marie nickade innan hon svarade.

"Hur ser planen ut? När börjar vi?"

5.

Fredag 30 oktober

Gunvor var uppe tidigt trots att det hade hunnit bli ganska sent kvällen innan. Veckorna på Gran Canaria hade varit fyllda av vila så det räckte och blev över. Nu var Gunvor riktigt sugen på att börja jobba igen. Efter det som hände med det förra fallet hade det varit skönt att komma bort. Trots att det slutade väl hade det kunnat gå riktigt illa. Det var inget som vare sig beröm från polis eller press kunde uppväga. De hade avslöjat både en prostitutionsverksamhet och en mördare. Men de hade riskerat mycket på vägen och Gunvor hade tagit på sig det. Tack och lov hade dagarna i solen till slut slipat bort de vassaste delarna av både hennes rädsla och det dåliga samvetet.

Hon kände genast igen den svaga knackningen på dörren. Hon och Aidan hade utarbetat den tillsammans för att den skulle vara lagom hög. Så den hördes ifall man var vaken men inte väckte en om man sov. Det var inte utan ett stort, belåtet leende på läpparna som hon öppnade dörren och bjöd in Aidan på morgonkaffe från den nya luftpressbryggaren hon haft med sig från Spanien.

När de satt sig mitt emot varandra vid köksbordet tyckte Gunvor att hon såg något nytt i Aidans ögon. Han hade alltid haft känsla för både humor och äventyr och hade ofta en glimt i ögat. Men detta var något annat. Något helt nytt.

”Drew kom på besök i onsdags.”

”Åh vad kul. Är han kvar?”

”Nej. Han stannade bara över dagen. Eller snarare över natten. Men inte med mig.”

24

Gunvor log.

"Ja, han har då en förmåga att njuta av livet. Blev du lämnad i någon bar för dig själv?"

"Jo, med det var helt okej. Vi hamnade på ett ställe med en schysst bar och bra musik. Och så hände det något." Aidan gjorde en dramatisk konstpaus, och kollade så han verkligen hade Gunvors hela uppmärksamhet, innan han fortsatte. "En kvinna kom fram till mig med ett foto på en person. Det visade sig att en kompis till henne är försvunnen. Först trodde hon att han hade träffat någon och bara inte haft tid att svara. Men allt eftersom dagarna gick och hon inte hörde något blev hon mer och mer orolig. När hon ringde jobbet sa de att han inte varit där på hela veckan. Eftersom jag känner till de flesta gayställena i stan, tack vare Drew, erbjöd jag mig att hjälpa henne. Igår träffades vi för att göra upp en plan."

När Gunvor hörde vad Aidan sysslat med föregående kväll, istället för att vara hemma och välkomna henne, förstod hon honom till fullo. Även om Aidan inte hade samma erfarenhet som henne själv var hon väl medveten om att han delade hennes passion för spänning och mysterier. Hon kunde ändå inte låta bli att känna viss oro. Men Aidan verkade inte det minsta bekymrad. Trots det allvarliga i situationen hade han ett litet leende på läpparna. Gunvor kunde inte avgöra om det bara handlade om den spänning det medför att leta en försvunnen person eller om det var något annat.

"Vad säger polisen?"

"Marie säger inte så mycket mer än att hon har anmält honom försvunnen. Hon har väldigt stark integritet " Glittret i Aidans ögon dämpades en aning.

"Okej. Jag gissar att det är svårt även för polisen om de inte vet var de ska leta. Är Missing people inkopplade?"

"Nej. Jag tror inte hon vill göra för stor sak av det. Det är väl därför hon letar efter honom själv."

"Och du följer med och hjälper till?"

"Ja, så klart. Jag vet ju en hel del om spaning nu för tiden." Aidan nickade mot Gunvor. "Tack vare dig."

"Jag kan hjälpa till om ni vill. Och säkert Manuel också ifall hon har råd att betala."

"Tack, det behövs inte just nu. Kanske om vi får veta mer om hans sista timmar innan försvinnandet. Det blir en rejäl klubbrunda ikväll. Vi tror att det är lättare att jag, som är man, frågar efter honom. Planen är att jag ska låtsas vara en orolig älskare."

Gunvor tyckte att det var fint av Aidan att vilja hjälpa till. Även om hon nu var helt på det klara med att Aidan var intresserad av den här kvinnan. Samtidigt var Gunvor osäker på om han var rätt man för jobbet. Han hade absolut betytt mycket för henne när det kom till att bolla idéer. Men han hade inte varit ute på fältet som hon. Till och med deras unga vänner Elin och David hade mer erfarenhet än Aidan. Gunvor lugnade sig med att polisen var inkopplad. Aidans engagemang var, om inte annat, bra för den där Marie. För att inte tala om hur det antagligen kändes för Aidan att få hjälpa till.

"Jag har lite bråttom. Ska strax undervisa."

Aidan hade rest sig för att skölja av sin kopp när hans telefon plingade till. Han ställde genast ifrån sig koppen. Gunvor tyckte att han drog telefonen ur fickan med en helt annan iver än han brukade. Sekunden efter såg han lite besviken ut.

"Det är Drew," sa han, fortfarande med blicken fäst på meddelandet på telefonen. "Den där Morgan var visst inte så fantastisk i alla fall. Han skulle ju komma till London idag. Men Drew har inte hört ett pip sedan i går."

"Åh, vad tråkigt. Men det kanske inte var menat att bli mer. Han gjorde i alla fall Drew glad igen."

"Han verkar allt annat än glad." Aidan sköljde ur koppen. Han såg plötsligt bekymrad ut. "Drew verkar ha känt något alldeles särskilt för den här killen."

"Men sa du inte att han skulle åka till London idag? Det är ju bara morgon än. Och den där Morgan kanske är en man som gillar att överraska."

"Det är sant." Aidan vände sig åter till sin telefon för att svara Drew.

Gunvor reste sig också för att skölja sin kopp och följde sedan Aidan till dörren.

"Var försiktig. Tänk på att du inte vet varför han försvunnit. I värsta fall vill någon att han ska fortsätta vara försvunnen. Då är det inte bra att komma i vägen. Inte utan att vara förberedd i alla fall. Som du vet har jag erfarenhet av det."

"Du behöver inte oroa dig. Jag har koll."

Gunvor gjorde vad hon kunde för att dölja sin skepsis.

"Okey. Hör av dig när du har tid för middag och skvaller."

"Will do."

Gunvor blev sittande en stund efter att dörren slagit igen efter Aidan. Hon gladdes trots allt åt att han träffat en kvinna. Han hade levt ensam i många år nu. Samtidigt kändes det väldigt tråkigt om det skulle bli på bekostnad av deras vänskap. I och för sig vore det inte tokigt om det var någon hon själv kom att tycka om. Väninnor växte inte på träd i Gunvors liv. Sekunden efter suckade hon över sig själv och sin förmåga att springa händelserna i förväg och gick för att förbereda sig inför dagen istället.

6.

Manuel, Gaston och Frida kramade om Gunvor, i turordning, när hon klev in på kontoret. Gunvor hade medvetet kommit en kvart före mötestiden för att hinna prata lite med kollegorna. Trots att hon inte var fast anställ, utan bara jobbade extra när det behövdes, hade hon lärt känna och tycka om alla tre. Manuel hade hon kommit extra nära under sin dryga månad i Spanien då de hade ägnat en hel del tid år att bearbeta det dramatiska förloppet av det förra fallet över skype. Han såg proper ut i en mörkblå kostym som satt oförskämt bra på hans vältränade kropp. Det svarta håret hade blivit lite längre. Det var fortfarande kort men inte snaggat som sist. I övrigt var han sig lik med det varma leendet på läpparna.

Frida hade klippt sitt tidigare långa, blonda hår i en kort frisyr. På något märkligt sätt fick det henne att se ännu kvinnligare och vänare ut. I motsats till sitt späda och sköra utseende var hon både stark och modig. Hon hade jobbat som polis i insatsstyrkan under flera år innan hon började på byrån.

Gaston såg mycket yngre ut än har var. I sina hängiga jeans och hoodie kunde han lätt förväxlas med en tonåring trots att han närmade sig trettio. Innan den nya klienten knackade på hann Gaston berätta att hans fru var gravid med deras första barn. Det syntes lång väg att han var väldigt stolt.

"Det är kanske dags att växa upp och skaffa ett riktigt jobb då."

Frida hann reta Gaston i all vänskaplighet innan hon öppnade dörren och släppte in den väntade klienten. Från en sekund till en annan hade skratten tystnat och alla gjorde sitt bästa för att utstråla seriositet och allvar. Manuel och Gunvor skakade hand med Eva Cedergren och gick sedan in på Manuels rum. Innan de satte sig hjälpte Manuel henne gentlemannamässigt att ta av den eleganta, benvita yllerocken. Eva slog sig ner i soffan och Gunvor och Manuel i var sin fåtölj.

"Vi har ju pratat lite på telefon, men det vore toppen om vi kan ta det från början igen. Det är framför allt Gunvor här som kommer att jobba med ditt fall."

Gunvor gissade att Eva var i 50-årsåldern. Hon hade ett fantastisk, tjockt rött hår, med några gråa stänk, som nådde en bit nedanför axlarna. Ansiktet var svagt fräknigt. Hon var klädd i en grå polotröja och svart kjol och var fascinerande vacker på ett naturligt sätt som hjälptes upp av ett rostfärgat läppstift.

Trots att Gunvor själv hade haft utseendet för sig kände hon sig gammal och sliten bredvid denna väna varelse. Gunvor var fortfarande slank och vältränad för sin ålder. Men hennes dåliga knän och de oundvikliga rynkorna påminde henne ständigt om hur gammal hon var. Den grå pagen var fönad för att få lite fyll. Hon hade funderat på att lägga en komplett makeup. Men på sistone hade hon börjat tycka att hon såg ännu äldre ut med smink. Det var som om det lyfte fram rynkorna istället för att dölja dem. Så hon hade nöjt sig med ett mörkrött läppstift. Som alltid vid det första mötet med en ny klient var hon strikt klädd. Idag hade hon valt en vit skjorta till svart kjol och kavaj.

"Min man är försvunnen."

Eva öppnade sin handväska och tog fram ett foto som hon lade på bordet och sköt över till Gunvor.

Med en snabb blick på fotot konstaterade Gunvor att mannen utstrålade pondus och självgodhet. Det var en typ av foto som Gunvor tyckte illa om efter att ha arbetat många år som kirurg. Ett yrke som bara borde handla om att göra vad man kan för att hjälpa andra. Men som motsägelsefullt hade en, i hennes ögon, motbjudande del av rivalitet, smutskastning och hierarkisk pennalism. Hon hade sett alltför många porträtt av den här typen hos överläkare som trodde sig vara bättre än andra. Retuscherade porträtt på deras skrivbord som fick dem själva att se ut som en dålig kopia av fotot. Gunvor fick anstränga sig för att inte avslöja sitt förakt.

"Det första jag gjorde var att ringa hans jobb. Det visade sig att han tagit ledigt. Därför har jag inte vänt mig till polisen."

Gunvor bestämde sig genast för att inte köra någon "oj-stackars-dig"-stil. Hon hade en stark känsla av att Eva var en kvinna med ett stort mått av integritet. Gunvor kunde inte tänka sig annat än att hon måste känna sig vansinnigt kränkt. Frågan var om hon vill hitta mannen för att hon var orolig eller för att hon måste ha tag på honom för att få nöjet att kasta ut honom. Gunvor var medveten om att hon inte hade med det att göra. Vilket inte hindrade henne från att vara nyfiken. Men när Gunvor tog till orda var det med ett torrt allvar som inte avslöjade hennes funderingar.

"Jag förstår. Var arbetar han? När försvann han och för hur lång tid har han begärt semester?"

"Han arbetar på sin pappas företag. Rederibranschen. Lyxkryssningar. Per är en av tre chefer under Carl-Bertil och kommer ärva allt en dag. Men tills dess får han visa vad han går för." Eva visade sitt ogillande med en bister min innan hon fortsatte. "Jag såg Per senast i fredags innan han åkte ut på landet. Han hade jobb att göra och ville vara ifred. Det var inget ovanligt med det. Han skulle ha kommit hem i söndags kväll. Men han kom aldrig. Och jag fick inte tag på honom."

Evas blick var stadig och hon såg oavbrutet på Gunvor som om Manuel inte var närvarande i rummet.

"Till slut ringde jag jobbet. Han har tagit ledigt i två veckor."

Gunvor tyckte att hon blinkade till. Men lika snabbt som hon tyckte sig ha sett det var det borta. Eva såg med allvarliga ögon in i hennes. Nästan som om de sökte efter svar. Gunvor tvekade några sekunder men bestämde sig sedan.

"Såg du det komma?"

Fortfarande med blicken riktad mot Gunvor suckade Eva.

"Nej, jag förstår faktiskt ingenting. Han är min stora kärlek. Det har alltid varit vi två. Kanske är han deprimerad. Han har varit deprimerad förr. Jag är orolig för att han är ensam och ledsen och inte kan se någon väg ut. Han har väldigt stor press på sig. Det kan handla om enorma summor i företaget. Gör man en miss blir man väldigt hårt behandlad. Trots att det är ett familjeföretag."

Plötsligt rann en tår nerför hennes ena kind. Ingen snyftning, ingen grimas. Bara en rak blick och en enda tår.

"Eller kanske just därför."

Gunvors kommentar fick Eva att le lite svagt. De pratade vidare en liten stund. Men Gunvor fick inte mycket mer att jobba med. Det var tydligen inget ovanligt med att de var ifrån varandra i perioder. Per jobbade ofta över både kvällar och helger i det stora företag som hans far byggt upp. Eva själv hade inte jobbat sedan hon gifte sig med Per. Gunvor kunde inte för sitt liv begripa hur man kunde sätta sig i en sådan situation. Hon hade aldrig förstått det där med att gifta sig rikt för att slippa jobba. Att sluta jobba var absolut det sista hon själv ville göra.

Eva berättade att Per var mycket ute för att representera företaget men att hon själv aldrig var med numera. De umgicks när Per var ledig och då ofta i fritidshuset i skärgården. Dit han hade åkt själv helgen innan. Eva trodde inte att han var kvar där längre. Hon var inte ens säker på att han varit där överhuvud taget. Under helgen hade de bara hörts via sms. Täckningen där ute var opålitlig och höll sällan för samtal. När hon försökt ringa den fasta telefonen på landet hade han inte svarat. Vilket Eva tyckte var bevis på att huset stod öde. Gunvor förstod inte Evas resonemang eftersom han inte svarat på mobilen heller sedan i söndags kväll. Var det något som var uppenbart så var det att hennes man undvek henne.

Efter lite påtryckning gick Eva med på att ge Gunvor nyckeln till sommarhuset. Vilket Gunvor var tacksam över eftersom det i övrigt inte fanns så mycket att gå på. Enligt henne kunde Per Cedergren mycket väl vara kvar i skärgårdshuset. Eller möjligtvis på någon karibisk ö med ett ungt och kurvigt fruntimmer. Han verkade ha pengar nog att chartra ett eget plan och försvinna från Sverige utan att någon visste med vem eller vart.

Gunvor bad ändå om hans personuppgifter. Det vore tjänstefel att utgå från att han reste inkognito. Med det skakade de hand och bestämde att höras på telefon allt eftersom något dök upp. Gunvor bad Frida att kolla resebolagen innan hon gav sig av till Pers arbetsplats.

Carl-Bertil Cedergren var en ståtlig och välbevarad herre i 70-årsåldern. Det var ingen tvekan om att han var van att ha både makt och pengar. Den ljusgrå kostymen var elegant och helt klart skräddarsydd för honom. Den svagt rosa skjortan lyfte fram hans solbränna, som i sin tur lyfte fram hans bländvita leende. Han såg ut att lägga ner mycket tid, pengar och energi på sitt utseende både i form av träning och tandblekning. Säkert små diskreta lyft i ansiktet också. Gunvor var inte särskilt förtjust i konstgjorda utseendejusteringar. Men när hon såg på Carl-Bertil kunde hon inte annat än tycka att det var väl investerade pengar.

Carl-Bertils sekreterare hade varit väldigt hjälpsam och sett till så att Gunvor slapp vänta trots att hon kommit oanmäld. Hon hade gått direkt in till sin chef. Efter bara en halv minut hade hon kommit tillbaka och meddelat att Gunvor var välkommen in. Carl-Bertil hade tagit emot henne i dörröppningen, med ett fast handslag, och bjudit henne att sitta ner. Kontoret var enormt med ett stort skrivbord, ett mötesbord för minst åtta personer och en soffgrupp framför ett imponerande panoramafönster med utsikt över Skeppsholmen och Kastellholmen.

"Hur kan jag hjälpa dig?" Carl-Bertils blick var stadig, nyfiken och vänlig.

"Jag letar efter din son, Per Cedergren. Vet du var han befinner sig eller varför han håller sig borta?"

Carl-Bertil såg tyst på Gunvor innan han svarade.

"Han är på semester och kommer snart hem igen."

"Vet du var han är? Hans fru visste inte om att han skulle ha semester och är orolig."

Carl-Bertil drog på svaret en stund.

"Nej."

Gunvor såg tyst och uppmärksamt på Carl-Bertil och väntade för att se om det skulle komma mer. Manuel hade lärt henne att tystnad ibland kunde vara ett bättre sätt att få folk att prata än att ställa frågor.

"Jag visste inte heller om hans planer. Först i måndags lät han meddela att han skulle vara borta den här veckan och nästa. Vilket är högst olämpligt sett ur mitt perspektiv. Men det är som det är. Han har väl en god anledning."

"Vad tror du det skulle kunna vara för anledning?"

Per dröjde med svaret som om han var osäker på vad han skulle säga.

"Jag vet faktiskt inte. Men om jag ska gissa så är mitt svar att vissa män har större behov än andra."

"Kan jag tolka det som att du menar att han är otrogen?" När Gunvor såg att Carl-Bertil rynkade lite på ögonbrynen skyndade hon sig att tillägga: "Ursäkta min rättframhet, men det skulle kännas bra att veta ifall han är i säkerhet."

"Jag vet som sagt ingenting. Men jag gissar. Min son och jag är väldigt lika och jag vet hur det kan kännas efter många år i ett äktenskap. Han har aldrig haft mig som förtrolig när det kommer till de här. Men jag ser på honom att han är ute om nätterna mellan varven. Per har alltid skött sitt jobb och hans fru har aldrig klagat inför mig så jag har inte lagt mig i."

"Jag förstår. Så om jag tolkar dig rätt så tror du att han har en tillfällig kärleksaffär? Tro mig, jag vet allt om hur svårt det är med relationer. Jag är själv skild. Så jag är inte den som dömer. Mitt uppdrag är att hitta honom. Inte att avslöja eller döma honom. Men jag kan förstå Evas oro eftersom

Per har ändrat sitt mönster, så att säga. Jag hoppas att du har rätt och att han snart är hemma igen. Men tills dess letar jag."

Carl-Bertil bara nickade till svar. Gunvor kunde se att det bekymrade honom. Men det kunde lika gärna bero på att Per inte var här och skötte sitt jobb.

"Brukar han göra så här?"

"Nej, det har aldrig hänt förut. Och det kommer aldrig att hända igen."

Det framgick klart och tydligt att Carl-Bertil inte var nöjd med sonens beteende.

"Du har inte haft någon kontakt med honom sedan i måndags?"

"Nej."

Gunvor hörde på hans tonfall och korta svar att han nu ansåg att samtalet var avslutat. Så hon reste sig. Carl-Bertil ställde sig också upp och sträckte ut sin hand till en avskedshälsning. Hon tog den och höll kvar den i sin när hon fortsatte.

"Jag vore väldigt tacksam om du meddelar mig om du hör från honom."

"Det ska jag. Lycka till."

På sin väg till City Gross i Kungens kurva funderade hon över samtalet med Carl-Bertil. Fram växte en bild av Per som en man med både makt, pengar och rastlöshet. Han hade en fantastiskt vacker fru. Men det verkade inte räcka. Det kändes tragiskt att Eva inte var medveten om sin mans otrohet. Inte minsta, lilla misstanke. Nog skulle man väl känna på sig om ens livskamrat hade en annan?

36

8

"Älskade ungar, vad jag är glad att se er." Gunvor öppnade sina armar för att fånga in både Elin och David.

"Fruängsdeckarna, om jag får be." Davids skämtsamma protest dämpades när hans mun trycktes mot Gunvors axel. Men hans kommentar fick henne att minnas den eftermiddag under sommaren då de suttit på Aidans balkong och bestämt sig för att fortsätta undersöka ett fall trots att klienten dragit tillbaka uppdraget. Alldeles för nyfikna att ta reda på vad som egentligen hänt mannen de spanat på i vad som till synes varit en otrohetsaffär. Ett beslut som senare fick ödesdigra konsekvenser. Men just den eftermiddagen visste de ännu inte vart spåren skulle leda dem. Utan oro hade de druckit fläderblomssaft och skojat om att de behövde ett namn på sin lilla grupp.

"Hur har ni det? Har ni saknat mig?"

När Gunvor tog några steg tillbaka, så hennes gäster fick utrymme att ta av sig ytterkläderna, la hon märke till hur stylad Elin var. Elin, som haft för vana att vara osminkad och klädd i mjukiskläder när de träffades, verkade ha anammat den stil de fixat åt henne när Gunvor drog in dem i spaningsarbetet i slutet av sommaren. Elin hade ett par svarta leggings och en gråglittrig polotröja. De högklackade stövlarna, som hon drog av sig i hallen innan de gick in i köket, såg skinande nya ut. Gunvor log belåtet när hon såg att Elin rörde sig med mycket mer stolthet än hon någonsin sett henne göra innan.

Gunvor hade länge anklagat sig själv för att hon bara dragit in bedrövelser i Elins liv. Men nu kände Gunvor att hon kunde pusta ut. Det verkade som Elin kommit mer än välbehållen ur den dramatiska erfarenheten.

Det var ingen tvekan om att också David hade förändrats. Från att ha varit den sjaviga förortskillen det mesta av sitt liv, såg han nu ut som en självsäker ung man. Han hade inte genomgått lika stor förändring i stil som Elin. Men han klädde sig i alla fall mer vuxet nu än när de först stötte på varandra.

"Det har varit skönt att få tid att smälta det som hände. Men det är så kul att se dig igen." Elin log stort mot Gunvor och såg sedan på David. "Och dig med."

"Har ni inte träffats?" Gunvor blev förvånad. Även om man inte planerat att träffas så var Fruängens centrum ganska litet.

"Vi har hörts. Men hon har ju bara hängt med Chibbe." David log retsamt mot Elin. Chibbe var en av de misstänkta som de hade spanat på i förra uppdraget. Men som i slutändan hade hjälpt dem att lösa fallet.

"Ursäkta. Du har bara hängt med Bella. Och pluggat." Elin himlade med ögonen och gjorde sitt bästa för att se förorättad ut. Vilket inte gick så bra. Hon var så glad att sitta där i Gunvors kök igen.

"Så det håller i sig med Chibbe? Och vem är Bella? Och vad pluggar du?"

Gunvor hällde upp rödvin i glasen och uppmanade sina gäster att ta för sig av chiligrytan.

"Nå?" Gunvor såg uppfordrande på Elin och David.

"Det var många frågor på en gång. Vi kan väl ta en i taget?" David log retsamt innan han fortsatte. "Jag lyckades komma in på väktarutbildningen i Huddinge."

"Bra där." Gunvor var imponerad. För bara några månader sedan hängde David bara runt och var allmänt odräglig i Fruängens centrum. "Grattis."

"Med sikte på att bli privatdetektiv förstås." David log stort. Sanningen var att han också var mäkta imponerad av sig själv. Även hans kompisar hade fått en annan respekt för honom nu. "Eller livvakt."

"Ja, det må jag säga. Här händer det saker när man vänder ryggen till. Men ska du inte sikta högre? Varför inte plugga komvux så att du kan söka polishögskolan?"

"Det har jag också sagt." Elin nickade ivrigt.

"Ja, men …. Kan ni inte bara vara glada?" David såg nästan lite besviken ut.

"Men vi är glada. Jag är glad och stolt för att du har börjat. Kom bara ihåg att du kan gå långt." Gunvor hade inte menat att det skulle låta som om hon inte tyckte att väktarutbildning var bra nog. Vilken hon i och för sig inte tyckte. Väktare kunde i stort sett vem som helst bli. Gunvor ville verkligen peppa David att komma längre. Men samtidigt ville hon inte förminska hans framsteg. Hon insåg att det var ett stort steg för honom.

"Ja, ja. Men jag måste väl börja någonstans."

"Jo, så klart. Vi är stolta, David."

"Ja, du är superduktig."

Det räckte för att få David att se nöjd ut igen.

"Och Bella? Vem är det?" Gunvor var ivrig att få veta allt som försiggåtts medan hon varit på semester.

"En av tjejerna som jag pratade med på Sturehof när Elin försvunnit. Hon är jättegullig och vi träffades ett tag. Men så gled det ut i sanden."

"Hon var för ytlig." Elin la sig i och vände sig till Gunvor. "Det trodde man aldrig att man skulle höra David säga om någon, eller hur?"

Gunvor kunde inte låta bli att skratta till. Elin hade rätt. Det var inte mer än någon månad sedan som hon skulle ha tvivlat på att han ens förstod betydelsen av det ordet. Gunvor blev helt varm i hjärtat av stolthet och glädje för att hon hade fått vara en del i Davids snabba utveckling.

"Ja, men hon är ju det. Jag orkar fan inte prata kläder hela dagarna."

"Nej, det kan jag tänka mig. Chibbe då? Hur går det för er?" Gunvor vände sitt intresse mot Elin när hon fått tillfredsställande svar från David.

"Jo, det är väl lite samma sak."

Elins blick vandrade mellan Gunvor och David innan hon fortsatte. Det var tydligt att David och hon hade pratat om det här och att hon sökte medhåll hos honom. Han nickade också lite svagt.

"Alltså, jag menar inte att Chibbe bara pratar om kläder." Elin fnissade till åt sitt eget skämt innan hon fortsatte. "Jag var verkligen, verkligen kär i honom. Men när fallet var avslutat, och vi kunde vara de personer vi egentligen är, så blev det ganska tråkigt. Jag trodde att jag längtat efter att få vara mig själv. Att få bli älskad som den jag är. Men jag har insett att mina känslor för honom på något märkligt sätt hängde ihop med situationen vi var i då. Spänningen. Att låtsas vara en annan. Det var liksom den delen av mig – den jag låtsades vara – som föll för Chibbe.

Elin tog en klunk av vinet. David och Gunvor gjorde samma sak i väntan på fortsättningen.

"Den roll jag spelade passade in på Stureplan. Och med Chibbe. Men när jag blev mig själv igen…" Elin skakade fundersamt på huvudet. "Chibbe är kriminell och har alltid varit det. Hans sätt att tänka är så långt bort ifrån hur jag är. När förälskelsen lagt sig såg jag honom plötsligt bara som en kille som är väldigt bra på att göra fel val."

"Jag förstår. Jag tyckte absolut att han verkade vara en person som trots allt ville väl. Men jag lyckades aldrig förstå vad det var som fick dig att falla för honom. Du behöver nog se till att skaffa dig lite högre krav." Gunvor kunde inte låta bli att gå in i en uppfostrande mammaroll.

"Jag vet, Gunvor. Jag och David har pratat mycket om det på telefon."

Gunvor lutade sig mot stolsryggen och såg på sina två unga vänner. Inte ens i sin vildaste fantasi hade hon kunnat föreställa sig den här middagen för bara två månader sedan. När hon först träffat David och Elin hade de varit som hund och katt. David hade trakasserat Elin å det grövsta. Gunvor hade spelat med höga kort när hon förde dem samman. Men hennes magkänsla hade visat sig vara rätt. När de bara dragits ur sina vanliga sammanhang funkade de ihop hur bra som helst. Det värmde verkligen Gunvors hjärta att de hållit kontakten medan hon varit borta.

"Hur går det i skolan då, Elin? Det är inte långt kvar till studenten nu."

"Det går bra, plugghäst som jag är. Jag har ett rätt slappt schema trots att det är sista året. Jag är faktiskt ledig flera eftermiddagar i veckan. Tanken är väl att man ska plugga då. Det gör jag också. Men jag behöver inte hela eftermiddagarna. Så det är lite tråkigt mellan varven. Tråkigt att plugga och tråkigt med dötid. Jag längtar tills det är slut."

"Vad vill du göra sen då?"

"Som det känns nu vill jag jobba, tjäna ihop lite pengar och resa. Kanske plugga utomlands. Men det känns lite svårt att lämna mamma."

Gunvor kunde inte undvika att se det stråk av oro som speglades i Elins ögon.

"Jag kan lova dig att din mamma skulle bli överlycklig om du gav dig ut och reste. Det är självklart för en mamma att känna oro när hennes barn lämnar boet. Hur vuxna de än är. Men du har berättat om din mammas rädsla för att hon förstört ditt liv. Den oron är större och mycket värre. Om du ger dig ut i världen kommer det bevisa för din mamma att du klarar dig fint."

Gunvor klappade Elin ömt på armen.

"Sant."

"Sedan kan man faktiskt inte göra allt ens föräldrar vill heller. Man måste leva sitt eget liv."

David la sig plötsligt i samtalet. Gunvor och Elin nickade instämmande. När David kände att han kunde ändra samtalets inriktning, utan att vara oförskämd mot Elin, vände han sig mot Gunvor.

"Men vad händer på jobbfronten? Har du något nytt på gång?" David såg hoppfull ut.

"Ja, faktiskt. Jag var på byrån idag och mötte en klient. Det är en kvinna som anmält sin man försvunnen. Men allt tyder på att han gett sig av frivilligt."

"Kan vi hjälpa till?"

Gunvor hörde ivern i Davids röst och såg förväntan i hans blick.

"Inte i det här läget. Men om det blir tillfälle så lovar jag att höra av mig. Just nu har jag inte så mycket att gå på. Mannen har tagit ledigt utan att berätta för sin fru. Så jag skulle gissa att han är med en älskarinna. Han hör nog snart av sig och begär skilsmässa."

"Vad är din plan tills han gör det?" Elin hade också intresserat sig för Gunvors uppdrag.

"Imorgon åker jag ut till deras sommarhus och kollar."

"Efter vad?"

"Efter honom. Han kan mycket väl vara kvar där ute. Annars hoppas jag på ledtrådar. Frun vägrar släppa in mig i deras villa så det här är enda möjligheten jag får."

"Ok. Vi finns här om du behöver oss." David kastade en blick på Elin som nickade medhållande.

"Det är jag väldigt tacksam för." Hade Gunvor bara haft mer att gå på skulle hon gärna bett sina ungar vänner om hjälp. Även om hon blev tvungen att betala deras löner ur egen ficka. Hennes egen firma hade inte någon större omsättning att skryta med. Men hon kunde alltid fylla på från sitt privata bankkonto. Det var fortfarande välfyllt efter skilsmässan och försäljning av det gemensamma huset. Men just nu hade hon inga andra planer än att åka ut till Nämdö. Vilket inte var anledning nog för att blanda in fler medarbetare på eget bevåg.

Kvällen fortsatte i samma trevliga stämning. Det hann bli efter midnatt innan de bröt upp. Då var Gunvor sedan länge redo för sängen medan David och Elin ringde efter en taxi för att bege sig in mot stan. När Gunvor stängde dörren bakom dem tjafsade de fortfarande om vart de skulle.

9.

Lördag 31 oktober

Gunvor köpte sig en kopp bryggkaffe och en smörgås med köttbullar. Den sura bismaken, som inte ens rikliga mängder mjölk lyckats dölja, fick henne att göra en ofrivillig grimas. Men när hon tog en stor tugga av smörgåsen log hon ändå nöjt för sig själv. Från sin fönsterplats såg hon ut över inloppet när båten lämnade Saltsjöbadens kaj. Färden mot Nämdö skulle ta ett par timmar. Gunvor såg fram emot att få njuta av Stockholms skärgård, som så här års var klädd i magiskt vackra höstfärger. Eva hade berättat att deras fritidshus låg mellan två bryggor. Sand och Solvik. Gunvor hade bestämt sig för att kliva av i Solvik och åka hem från Sand. På så sätt skulle hon skaffa sig en någorlunda uppskattning av närområdet.

Hon plockade fram sitt block. Redo att skriva ner de funderingar som var värda att spara på. Att sitta sysslolös och bara låta sig färdas fram över havet var ett utmärkt sätt att komma till klarhet med sina tankar. Men eftersom hon ännu inte hade så många tankar kring det nya fallet förblev blocket tomt. Istället fördrev hon tiden med att njuta av utsikten. Gunvor hade klätt sig varmt med fodrade kängor, jeans och en gammal dunjacka. Inte i närheten av modern. Men praktiskt och skönt nu när termometern var på väg ner mot nollgradigt. Dunjackan var ett minne från tiden med Rune. Hon hade köpt den någon gång under de första åren. Innan de tappade bort varandra i det stora huset. När de fortfarande hade promenerat tillsammans i både ur och skur. En kort, lycklig tid som följts av år av tristess och vilsenhet. År hon knappt kunde urskilja från varandra. Då dagar, månader och år flutit in i varandra till en enda grå sörja.

De var en ansenlig skara som klev av båten i Solvik. Här fanns det både en matbutik och en restaurang. Uteserveringen var stängd för säsongen. Men inne i det röda trähuset, närmast bryggan, var

44

lunchserveringen i full gång. Det såg trevligt ut där inne. Men Gunvor var fortfarande mätt så hon nöjde sig med att gå till Guns Livs för att köpa mineralvatten. Hon passade också på att fråga om kassörskan kände till Eva och Per Cedergren. Kassörskan såg först tveksam ut men när Gunvor beskrev var huset låg nickade hon.

"Jo, jag vet vilka de är. Men det är sällan jag ser dem. De handlar inte här särskilt ofta. Jag gissar att de mest kliver av i Sand, som ligger närmare deras hus. De har väl egen båt också? De har i alla fall en brygga. Det vet jag för jag kände dem som de köpte huset av för många år sedan. Bryggan ligger i en egen liten vik."

Gunvor hajade till. Eva hade inte berättat att de hade båt.

"Vi har koll på varandra här på ön, vet du." Kassörskan log stort. "Varför undrar du?"

Frågan var direkt och Gunvor visste inte hur hon skulle slingra sig ur utan att själv verka misstänkt. Så hon bestämde sig för att säga sanningen. Eva hade ju inte heller specifikt bett henne att hålla tyst om saken.

"Frun har anmält mannen som saknad. Jag jobbar på en detektivbyrå."

Kassörskan drog efter andan och Gunvor kunde ana både fasa och nyfikenhet i hennes ögon. Eftersom Gunvor varit ärlig och avslöjat sitt ärende hoppades hon att kassörskan skulle ge henne information som man inte ger till vilken främling som helst.

"Vad vet du om dem?"

"Mitt intryck är att de är typen som ägnar mycket tid åt sitt utseende. De är vältränade och alltid flott klädda. De är också alltid artiga och trevliga. Särskilt han. Hon verkar mer tillbakadragen."

Kassörskan verkade fundera en stund medan Gunvor väntade tyst och tålmodigt.

"Ska jag vara ärlig så är det länge sedan jag såg dem tillsammans. Det brukar mest vara hon som kommer. De få gånger de handlar här, vill säga. Det verkar som att han jobbar mycket och hon får sköta resten."

Kassörskan skrattade till.

"Inte så ovanligt i vår generation."

Gunvor gissade att kassörskan var i femtioårsåldern. Även om det säkert skiljde minst tio år mellan henne själv och kassörskan så stämde det nog att de var barn av samma tid och förlegade uppfattning om könen.

När en pappa med barnvagn närmade sig kassan tänkte Gunvor att det var bäst att avsluta samtalet innan hon drog igång skvaller här ute på ön. Vilket hon väl i och för sig antagligen redan hade gjort.

"Tack för informationen."

"Det var det lilla. Ha en härlig dag. Restaurangen är öppen till klockan två om du är hungrig."

Gunvor lyfte handen till en hälsning innan hon gav sig iväg för att leta upp sommarhuset. Det var en vacker höstdag med solsken och en krispig friskhet i luften. Gunvor slöt ögonen ett ögonblick när hon fyllde lungorna med den rena skärgårdsluften. Gruset knastrade behagligt under hennes kängor när hon gav sig av på den smala grusvägen som snirklade sig mellan hus och skogspartier, parallellt med kusten. De små, söta stugorna och deras trädgårdar tog nästan andan ur henne trots att det var höst och skärgårdens växtlighet var på väg in i vintersömnen.

När hon passerade den vita träkyrkan med grå knutar visste Gunvor att hon nästan var framme. Bara ett par hundra meter efter kyrkan, hade Eva sagt. Mycket riktigt såg hon snart den röda trägrinden med skylten som aviserade att man var välkommen till familjen Cedergren.

Gunvor konstaterade snabbt att Eva verkade ha haft rätt. Det såg inte ut som om någon varit där nyligen. Det var släckt i huset och ingen hade krattat gräsmattan fri från löv. Men hon knackade i alla fall på och väntade en stund innan hon låste upp och klev in i hallen. Väl inomhus kändes det ändå inte som en obebodd sommarstuga. Det luktade friskt och fräscht. Inte alls så där instängt och lite unket som det hade gjort i hennes egen lägenhet trots att hon bara hade varit borta en månad. Det var också ganska varmt och behagligt i huset. Inte rått och kyligt som hon hade förväntat sig i en vinterstängd sommarbostad den här tiden på året. Kanske hade Eva satt på värmen för Gunvors skull. Som en vänlig gest. Det gick visst att göra via mobilen nu för tiden.

Gunvor drog av sig kängorna och kikade runt i bottenvåningen. Den bestod av ett kök, ett kombinerat mat- och vardagsrum och ett badrum. Vardagsrummets fönster var stora med utsikt mot havet och en glasdörr ledde ut mot en rymlig altan. Väggar, tak och golv var betsade i vitt. Vita bokhyllor och hurtsar stod längs ena väggen. För säkerhets skull lyfte hon på luren till den fasta telefonen, som stod på en av hurtsarna, för att kolla att den verkligen fungerade. Det kom en ton direkt.

Den gräddvita soffan, som stod framför den vitkalkade öppna spisen, hade lika gräddvita kuddar med änglamotiv. Det enda avbrottet i det vita var en svart TV och en tavla på väggen över soffan. Det var ett svartvitt foto på två, unga män som hon gissade var från 50-talet. De hade skjortor, med uppkavlade ärmar, nedstoppade i vida byxor med skärp. Frisyrerna var korta, men med längre lugg. De låg i gräset, tätt bredvid varandra. Den ena såg in i kameran med en något dimmig blick. Som om han tittade men inte såg. Uppfylld av något annat. Kanske den andra unge mannens hand på hans arm.

47

Gunvors uppmärksamhet fastnade på fotot för en stund. Det var sensuellt på ett finstämt sätt. En knappt synbar intimitet. Men hon tyckte inte att det räckte för att göra rummet mysigt. Allt det vita hade övertaget och gav henne mer en känsla av sjukhus än av en sommarstuga.

Köket gick också i vitt. Det var ganska litet och utan sittplats. Bara två arbetsbänkar, med skåp under och över, mitt emot varandra. Skafferiet var välstädat. Förvaringsburkar med retromotiv stod i perfekt ordning. Till hennes förvåning var kylskåpet på. Men inget i det avslöjade huruvida någon varit där nyligen eller inte. Där fanns bara tre flaskor Chablis och en glasburk med kalamataoliver.

Från ena arbetsbänken sträckte sig ett vinställ upp mot taket. Det var lite mer än halvfullt. Gunvor drog ut några flaskor för att studera dem närmare. Mest utifrån hennes eget intresse för vin. När hon insåg att det förutom rödvin även fanns flertalet flaskor vitt vin och champagne i vinstället vaknade detektiven i henne. Hon kom snabbt fram till att de tre flaskorna i kylskåpet antingen var där för att de alltid skulle ha kallt, vitt vin när de kom ut en fredagskväll eller för att Per faktiskt var i krokarna. Gunvors puls ökade. Instinktivt kastade hon en blick ut genom fönstret. Men där var lika stillsamt och öde som innan.

Hon lät altandörren stå öppen när hon klivit i kängorna och ut på terrassen. Hon brydde sig inte om att knyta utan stoppade bara skosnörena i kängorna innan hon tog de få trappstegen ner till gräsmattan och släntrade ner mot vattnet. Från vedförrådet, på andra sidan gräsmattan, ledde en liten stig brant ner till en brygga som måste vara deras privata. Där låg också en båt. Gunvor kunde inte så mycket mer än konstatera att det var en ganska stor motorbåt. En sådan som folk spenderade hela semestrar i. Stor nog för en hel familj att både sova och laga mat i. Gunvor hade svårt att föreställa sig Eva i båten. Visserligen såg hon vältränad och sportig ut. Men Gunvor hade ändå en idé om att båtliv var alldeles för obekvämt och trångt för en sådan som henne. Gunvor hade egentligen inga som helst belägg för sina funderingar men lät ändå tankarna löpa fritt.

Doften av ved var behaglig men väckte också ett vemod i henne. Hon lät fingrarna glida över huggkubben när ett minne plötsligt drog henne tillbaka till hennes första år med Rune. Innan de flyttade till Saltsjöbaden och det enorma huset. Minnet var från den första gången de firade semester tillsammans. De hade hyrt ett litet hus på västkusten. Trots att det hade varit en varm sommarvecka hade de tänt upp den vedeldade bastun på bryggan varje kväll. De hade turats om att hugga veden. Rune hade egentligen velat göra det själv. Men Gunvor hade stått på sig. Trots att hon var nätt hade hon alltid varit stark i armarna. Att hugga ved handlade dessutom, som så mycket annat, framför allt om teknik.

Hennes fingrar hittade ett djupt jack i huggkubben och fick henne att minnas hur de brukade hugga ner yxan i kubben när de var klara med vedhuggningen. De försökte göra det på samma ställe varje gång. Men det var inte alltid så lätt att träffa. Med tanke på jacket i den här huggkubben gissade Gunvor att den eller de som högg ved här gjorde på samma sätt. Yxan satt bara inte i kubben nu. Av ren nyfikenhet tittade hon in i vedförrådet. Men där fanns inte heller någon yxa. Antingen var paret Cedergren noga med säkerheten eller så var de rädda för tjuvar.

Gunvor gick vidare ner till bryggan och ropade "hallå". Inte för att hon väntade sig något svar. Båten var lika övergiven som sommarstugan. Det var sant som kassörskan sagt att bryggan låg i en egen vik. Den låg faktiskt helt isolerad. Gunvor kunde varken se en annan brygga eller ens en endaste stuga härifrån.

Väl tillbaka i huset tog hon en titt på övervåningen. Där fanns två sovrum. Det ena bestod av en dubbelsäng med vitt överkast och vita kuddar. Det andra sovrummet var möblerat med en enkelsäng och ett

49

skrivbord. Båda rummen ingav en spartansk men dyr känsla. Det var stilfullt inrett. Men känslan av ensamhet fick Gunvor att rysa till.

När hon noggrant gått igenom hela huset satte hon sig en stund på terrassen. Hon slog numret till den fasta telefonen. Signalen hördes tydligt. Huruvida Per hade varit här och hört telefonen ringa utan att svara var fortfarande lika osäkert som innan. Om han hade varit här med en älskarinna skulle han väl inte svarat om han misstänkte att det var Eva som ringde? Eller någon annan för den delen.

Ärligt talat förstod hon inte riktigt varför Eva hade anlitat privatspanare. Det var tydligt att Per höll sig borta av egen vilja. Gunvor gissade att det säkert inte skulle röra sig om särskilt många dagar innan Eva fick besked om vad som pågick.

Hon blev sittande en bra stund på den vita altanbänken innan hon gick ännu ett varv i huset. Tiden hade gått förvånansvärt snabbt och det började redan dra ihop sig för båten tillbaka till Saltsjöbaden. Om Per var i krokarna eller på väg hit så fanns det flera båtar och flera bryggor att välja mellan. Gunvor kunde inte göra mer än att hålla utkik längs vägen. Även om hon inte trodde att chansen var stor kunde Per vara ute på en promenad. Eller kanske hade han upptäckt att hon var i huset och höll sig borta för att slippa svara på frågor. Han kunde ju till och med tro att hon var en inbrottstjuv. Eftersom han inte hade pratat med sin fru de senaste dagarna så visste han inte heller att någon annan letade efter honom.

Efter mycket övervägande skrev hon en lapp innan det var dags att bege sig till bryggan för hemfärd.

Du är saknad. Hör av dig till din fru så hon slipper betala mer för privatspaning.

Kanske skulle Eva bli sur över att hon lade sig i på det här sättet. Men för Gunvor kändes det inte mer än rätt att Per Cedergren fick reda på vad han ställt till med.

Hon hade tagit på sig kängorna igen och hade redan handen på handtaget till ytterdörren när hon fick syn på något gult på hallgolvet. Det såg ut att vara en liten lapp som halkat in under hallmattan. Bara ett litet hörn stack fram. Hon undrade sig över att hon inte sett det tidigare. Men det var möjligt att lappen legat helt dold under mattan innan men halkat fram när hon klivit på den.

Gunvor böjde sig ner och tog upp lappen.

Nytorget, Urban Deli.

Den var i storleken av ett visitkort. Knallgul och med adress och telefonnummer till restaurangen. Ett sådant som många restauranger har som del i sin marknadsföring. Hon vände på kortet. Baksidan var utan tryck. Men någon hade skrivit ett telefonnummer med en blyertspenna. Med ett nöjt leende på läpparna stoppade Gunvor lappen i fickan. Nu visste hon hur hon skulle få tiden att gå på båten hem. Kanske var hon också ett steg närmare en lösning.

10.

Söndag 1 november

Det var nästan eftermiddag när Aidan vaknade. Det hade blivit sent kvällen innan. Riktigt sent. Eller snarare väldigt tidigt. Snudd på morgon. Han sträckte sig efter glasögonen på nattduksbordet innan han satte sig upp. En svag förnimmelse av bakfylla låg över hans panna och halsen kändes bekant torr. Han hade varit ute både onsdag, fredag och lördag kväll denna vecka. Inte för att han inte var van att dricka vin. Han och Gunvor hade för vana att dela både en, två och tre flaskor på en kväll. På somrarna kunde det lätt hända veckans alla dagar. Men han var inte van att vara uppe så här sent.

Fredag och lördag kväll hade tett sig ganska lika. De hade varit runt på de klubbar som Aidan kände till. På varje klubb hade de först satt sig med en drink för att spana in vem i personalen som verkade mest pratsam med kunderna. Sedan hade Aidan närmat sig den personen och visat ett foto med hjälp av Maries telefon. Samtidigt hade han dragit en historia om hur han träffat Sebbe i just den baren de för tillfället befann sig. Hur de bestämt att träffas igen. Men att Aidan plötsligt blivit tvungen att jobba. Han hade förklarat att han var reporter och hade fått ett tips som han bara inte kunde negligera. Enligt Aidans historia hade han tappat telefonnumret och var rädd att han hade förlorat sin chans att träffa Sebbe igen. När han kommit så här långt gjorde han sitt bästa för att se sorgsen ut. Han sänkte rösten och försökte låta förtrolig när han slutade sin historia med att han inte kunde glömma mannen ifråga. Att han skulle göra vad som helst för att få chansen att träffa honom igen. Aidan hade också en slutkläm som handlade om att han var villig att betala hittelön till den som kunde hjälpa honom. Samma historia på varje ställe.

Aidan var riktigt stolt över sin dramatisering. Särskilt det med hittelönen. Han utgick ifrån att det skulle ge dem som eventuellt kände igen Sebbe en god anledning att berätta.

Kvällen innan hade de hamnat på Wonk som sista anhalt. När Aidan frågat personalen i baren om de kände igen Maries kompis hade ingen verkat säker och alla hade svarat i samma stil. Att det var en stor klubb med många besökare. Att Sebbe verkade lite gammal för att hänga där. Att han inte var en stammis i alla fall. Så de hade placerat sig i baren för att själva hålla uppsikt.

Det hade varit trångt, skränigt och hög musik. Men ändå trevligt på något sätt. Sammanhanget var väl inte det muntraste eftersom Maries kompis faktiskt var försvunnen. Men efter några drinkar hade även hon slappnat av och verkat gladare. De hade till och med dansat. Även om Aidan normalt inte var mycket för att dansa hade lusten plötsligt kommit över honom. Han hade gillat musiken och lyckats övertala Marie om att de kunde spana även från dansgolvet. När det blev en tryckare var han inte sen att dra henne till sig. Hon lät sig föras av honom även om hennes kroppsspråk var något stelt. Han blev inte klok på om det var för att hon inte var van att dansa eller om hon inte trivdes i hans famn. Så han gjorde inga fler närmanden även om han var frestad. Hennes allvarsamma personlighet attraherade honom och hennes ögon var fortfarande bland de vackraste han sett.

Aidan tog en snabb dusch innan han klädde på sig och gick ner för att knacka på hos Gunvor i hopp om en kopp kaffe och sällskap. Trots att han var helt säker på att Gunvor kunde läsa honom som en öppen bok tänkte han inte berätta vad han kände. För han var inte helt säker själv. Jo, på ett sätt var han säker. Han var absolut attraherad av Marie. Men han var osäker på om han ville att det skulle bli mer än så. Om han var beredd att ta det ett steg vidare. Han hade haft några passionerade relationer och visste hur snabbt känslor kunde ändra sig. Hur det ena dagen kunde kännas som om man aldrig någonsin skulle kunna leva utan en viss person. En person som för en kort del av livet var ens allt. Eller som man i alla fall trodde var ens allt. Tills det plötsligt falnade och man själv stod förvånad kvar och undrade vad som hänt.

Aidan trivdes också med sin nya roll som spanare. Att han fick komma med lite idéer om upplägget. På något underligt sätt var det viktigare för honom än att det eventuellt utvecklade sig mellan honom och Marie. Han var inte redo att riskera sin roll som spanare ifall en invit från honom skulle vara ovälkommen. Med tanke på att hon var en person med stark integritet var det svårt att veta hur hon kände för honom och ännu svårare att gissa hur hon skulle reagera på en tydlig flirt från hans sida. Så han bestämde sig för att det var bäst att låta saker och ting bero.

Till Aidans glädje var Gunvor både hemma och vaken. Tillsammans fixade de frukost nere hos henne. Den bestod av varsin proteindrink och kaffe från den nya bryggaren som Gunvor fyllt med ljusrostat Kamwangi PB. När doften av kaffe spred sig i köket berättade Aidan om spaningen kvällen innan. Men historien om tryckaren behöll han för sig själv. Gunvor lyssnade och konstaterade att hon skulle agerat på samma sätt. Aidan nöjde sig med det.

"Hur går det för dig? Några framsteg?"

Gunvor nickade ivrigt och berättade om besöket på Nämdö och om lappen med telefonnumret. Innan hon berättade något mer slog hon på högtalaren på mobilen och knappade in ett nummer. Efter ett par signaler hördes en röst på telefonsvararen:

"Hallå alla olydiga. Du har kommit till Felix som kan fixa just det du behöver. Lämna namn och nummer så ringer jag upp."

Gunvor och Aidan såg på varandra en kort stund under tystnad.

"Droger?"

"Det är vad jag gissar. Men är det inte lite väl övertydligt?" Gunvor var inte helt övertygad trots att hon inte kunde komma upp med något alternativ.

"Det är ju inte de smartaste typerna som ägnar sig åt den typen av försäljning."

"Var inte så säker på det. Han säger ju inte vad det är han kan fixa och han ber om namn och nummer så han kan kolla upp de som ringer. Om han inte är nöjd med den info han får så kan han bara strunta i att ringa upp. Felix själv har så klart ett telefonkort så numret går inte att spåra."

"Har du lämnat namn och telefonnummer?"

"Yes. Och berättat att jag letar efter en saknad person som hade hans telefonnummer. Att det bara är det jag är intresserad av."

"Bra." Aidan nickade gillande.

"Tack." Gunvor höll upp kortet med telefonnumret framför Aidan. Innan hon fortsatte vände hon på det så han såg logon för Urban Deli. "Och idag ska jag ägna mig åt andra sidan. Eller i rättvisans namn så är väl det här framsidan."

" Då får du en trevlig dag och god mat."

"Har du varit där?" Gunvor blev genast ivrig.

"Ja, men bara på lunch. Men det blir väl också det du börjar med? Jag hade kunnat byta av dig om jag inte skulle träffa Marie." Aidan såg plötsligt lite besviken ut.

"Det kanske behövs en annan dag när det passar dig bättre. Jag kan ju alltid kalla in Fruängsdeckarna."

11

Trots den kyliga höstvinden njöt Gunvor när hon i sakta mak strosade från tunnelbanan mot Nytorget. Hon hade hoppat av vid Skanstull och gått lite i nostalgins fotspår. Även om hon låtit sig dränkas i jobb det mesta av sitt liv hade hon ändå haft perioder med lite mer nöje. Det berodde mest på att Love, hennes bästa vän under åren som kirurg på Karolinska, hade lyckats dra med henne ut. Särskilt när Rune varit på någon av sina återkommande tjänsteresor till USA. Hon log när hon såg den välbekanta fasaden till restaurang Pelikan. I den anrika ölhallen hade hon och Love druckit ett otal pilsner och ätit sig igenom menyn av vällagad husmanskost.

Hon och Love var varandras motsatser. Men de hade ett gemensamt drag. De var båda väldigt nyfikna. Vilket kanske var anledningen till att de aldrig hade tråkigt tillsammans. Love var en gammal punkare som efter några struliga ungdomsår visat sig ha en strålande begåvning för psykiatri. Gunvor själv hade alltid varit en plugghäst och arbetsnarkoman av högsta rang. Förutom en period under tidigt 80-tal, då hon hängde på Röda Rummet, hade hon ägnat sina flesta kvällar åt arbete eller studier innan hon och Love blev vänner.

Gunvor drabbades plötsligt av vemod, saknad och dåligt samvete. Det var alltför länge sedan hon sagt till Love att hon skulle höra av sig så fort hon mådde bättre. När hennes karriär som kirurg fick ett abrupt slut, efter att hennes skakiga händer nästan förorsakat en patients död, hade hon dragit sig undan allt som hade med hennes gamla arbetsliv att göra. Hennes enorma motvilja mot att åldras, kombinerat med hennes oförmåga att förlåta sig själv för sitt misstag, hade gjort att hon stängt dörren till det förgångna. I ett svagt ögonblick, när Love efter ett antal obesvarade mejl och samtal till slut ringde på hennes dörr, hade hon lovat att höra av sig. Vilket hon ännu inte hade gjort.

När hon svängde in på Östgötagatan funderade hon fortfarande på hur hon skulle göra med Love. Det var ingen tvekan om att hon saknade honom. Hennes vänskap med Aidan hade så klart fyllt en stor del av det tomrum han lämnat efter sig. Men en vän kan ju aldrig helt ersätta en annan. Kanske var det också dags att avdramatisera det som hänt under den ödesdigra operationen. I slutändan hade ju ingen kommit till skada. Förutom hennes stolthet. Men det bar henne ändå emot. Hur mycket hon än låtsades att hon kommit över sitt livs stora misstag så var sanningen den att hon fortfarande hade svårt att hantera det.

Gunvor korsade Katarina Bangata och fortsatte på Södermannagatan ytterligare ett kvarter innan hon tog av till höger på Skånegatan. Vemodet fick ett starkare grepp om henne när hon saktade ner stegen och kikade in på restaurang Chanti. En gång i tiden hade där legat ett fantastiskt litet hak under namnet Levelius. Stället hade inte rymt mycket mer än en bardisk och några bord. Men baren hade samtidigt varit enorm om man tänkte på den kärlek och värme som funnits för alla gäster. Med ett piano på en avsats högt uppe på väggen, dit vem som helst kunde klättra upp och bjuda på några melodier, en ägare som allt som oftast stämde upp i en aria framåt natten och bartenders som kramade om besökarna, hade stämningen alltid varit på topp. Bland den brokiga skara av vilsna själar som sökte sig dit fanns allt från unga konstnärer till bedagade skådespelare och smått sunkiga gubbar som ägnat det mesta av sitt liv på krogen.

Hon var nästan framme vid Nytorget när hon fick syn på ingången till Urban Deli på hörnan. Hon kunde inte annat än att hålla med Aidan om att det var ett mysigt ställe. Direkt innanför dörrarna fanns en delikatessbutik med mängder av varor som var både nyttiga och estetiskt tilltalande. Olivoljor, frukter, grönsaker och allt möjligt inlagt i vackra flaskor och burkar. Vid en lång disk såldes charkuterier och ostar. Allra längst in serverades mat och vin med utsikt över Nytorget. Det tog inte lång tid för

Gunvor att bestämma sig för en fiskgryta och ett glas vitt. Det var gott om folk, men absolut inte överfullt. Så Gunvor kunde slå sig ner på en strategisk plats för två nära köket. Därifrån hade hon span över hela baren och hyfsat bra utsikt över borden på andra sidan, så länge ingen av bargästerna ställde sig i vägen. Uteserveringen var igenbommad så den behövde hon inte bekymra sig om. Gunvor rös till vid tanken på att det faktiskt hunnit bli november och att vintern kunde knacka på när som helst. För en kort sekund längtade hon tillbaka till värmen hos särbon Kjell i det soliga Gran Canaria.

Planen var att äta och spana lite diskret och så småningom närma sig de anställda med ett foto av Per. Spaningen gick ut på att kolla in om någon eller några av de som arbetade här verkade känna gästerna. Eller i alla fall vara av den pratsamma sorten. Försöka utröna om det hängde stammisar här och vilka de var i så fall. Det var ju trots allt söndag. Så om stället hade stammisar borde i alla fall några av dem ramla in så småningom. En promenad och ett krogbesök, som avslut på helgen, var en tradition för många stockholmare.

Vinet var gott och maten snudd på fantastisk. Gunvor fick anstränga sig för att äta långsamt och släppa blicken från den vackra och väldoftande grytan. Stämningen i personalgänget verkade varm och god. Hon såg flera gånger hur de hängde vänskapligt på varandra och småpratade när de fick en stund över. Vad gällde förhållande mellan kunder och gäster kunde hon inte se något tecken på att det var stammisar i lokalen än så länge. En av kyparna hälsade lite extra varmt på en annan man. Men det visade sig vara en kompis som kom för att hämta honom efter jobbet.

Ända sedan hon hört Felix telefonsvarare hade hon funderat över vad droger skulle kunna spela för roll i den här härvan. Hennes funderingar lutade väl mest åt att Per kryddade sina utekvällar med vad det nu kunde vara för droger som var de mest populära för tiden. För folk som ville toppa helgberusningen med något förbjudet vill säga. På 80-talet hade det varit kokain. För att hålla sig pigg och kunna festa länge. För personer med mycket pengar som hängde på Café Opera och liknande. Snobbställen.

Gunvor kunde inte se några som helst tecken på att det försiggick någon kriminell handel här inne. Även om Per hade träffat på den där Felix här så betydde det inte att det var just här de gjorde upp eventuella affärer. Egentligen var drogspåret rätt så ointressant. Det viktiga för Gunvor var att hitta Felix och ta reda på ifall han träffat Per nyligen. Eller om han hade någon aning om var Per befann sig. Möjligheten fanns att de två männen småpratat om ditt och datt. Vilket gjorde att Felix kunde sitta inne med ledtrådar.

När en av de manliga kyparna kom förbi fattade Gunvor ett snabbt beslut.

"Hej. Ursäkta mig."

Kyparen stannade genast till och log artigt mot Gunvor.

"Vad kan jag hjälpa dig med?" Mannen var i femtioårsåldern. Hans hår låg noga tillrättalagt i en backslick med stilfulla, grå tinningar. Gunvor registrerade att han såg vältränad ut med slank midja, bred bröstkorg och kraftiga överarmar under den stramande skjortan.

"Känner du till en Per Cedergren? Jag tror han brukar komma hit."

Kyparen svarade utan att tveka.

"Jag känner väldigt få kunder till namnet även om många är trevliga och gillar att prata. De är faktiskt, ärligt talat, mer intresserade av maten här. Och av varandra." Han drog på munnen när han sa det sistnämnda.

Gunvor antog att det var ett standardsvar för att slippa diskutera gästerna. Det var väl en hederssak. Så Gunvor bestämde sig snabbt för att

60

underlätta genom att avslöja lite om varför hon behövde informationen. Hon sänkte rösten och ansträngde sig för att se extra allvarlig ut.

"Jag är privatdetektiv."

Gunvor gjorde en paus så att kyparen skulle få ett ögonblick på sig att förstå allvaret i situationen och förhoppningsvis tända hans nyfikenhet. När hon såg att det glimmade till i hans blick fortsatte hon.

"Han är försvunnen."

Med det sträckte hon fram en bild på Per. Han tog genast emot den och studerade den noggrant.

"Alltså han är försvunnen, men antagligen frivilligt. Men han har nära och kära som är oroliga."

"Jag känner igen honom. Han kommer hit ibland." Kyparen verkade fundera en stund innan han fortsatte. "Jag vet inget om honom mer än att han ofta hittar någon att gå hem med, om du förstår vad jag menar."

"Aha. Ja, min misstanke har väl hela tiden varit att han träffat någon ny." Gunvor tyckte det kändes okej att vara öppenhjärtig med tanke på att kyparen verkade så villig att berätta vad han visste. "Vet du om han känner någon Felix? Jag hittade ett av era kort med hans telefonnummer skrivet på baksidan hemma hos Per. Jag har försökt ringa men kommer bara till telefonsvararen."

Kyparen såg plötsligt bekymrad ut.

"Vi har en Felix som jobbar extra här hos oss. Det är ju inte säkert att det är han i och för sig. Men vi har inte hört av honom på en vecka. Jag har försökt ringa flera gånger. Vi har varit kort om personal och verkligen behövt honom. Det är lite underligt att han inte svarar eller ringer tillbaka. Han har alltid varit snabb på det innan. Även om han inte kunnat arbeta."

"Det var ju ett märkligt sammanträffande." Gunvor försökte skapa logik i den hon just hört. Kunde dessa två försvinnande höra ihop?

"Hoppas att det inte har hänt något." Kyparen såg plötsligt orolig ut.

"Det är nog ingen fara. Tro mig. För det mesta finns det en helt naturlig orsak till att folk håller sig borta ett tag." Gunvor log mot kyparen och hoppades att han skulle uppfatta det som förtroendeingivande.

"Vet du om de båda herrarna känner varandra?"

Kyparen funderade ett tag men skakade sedan på huvudet.

"Jag har minnesbilder av att ha sett dem prata med varandra. Men om det är för att de är bekanta eller för att jag sett Felix ta en beställning ska jag låta vara osagt. Jag kan höra mig för med kollegorna. Är du kvar ett tag?"

"Absolut." Trots att de snart skulle prata igen sträckte Gunvor fram ett visitkort.

"Om du kommer på något i efterhand. Jag tar tacksamt emot minsta fundering eller minnesbild."

Minnet av den förra bartendern hon haft kontakt med på samma sätt sved till i henne. Under sitt förra uppdrag trodde hon sig ha fått god hjälp av en som jobbade på Sturehof. I slutändan hade det visat sig att han var allierad med den skuggfigur de letade efter. Misstaget hade varit nära att kosta både henne, men framför allt Elin, livet. Gunvor skyndade att lugna sig själv med att detta inte alls liknade det fallet. I hennes pågående utredning hade ingen kommit till fysisk skada. Så hon gjorde vad hon kunde för att skaka av sig den uppblossade oron.

"Det vore toppen om jag kunde få telefonnumret till Felix. Så jag kan kolla om det är samma nummer som jag har." Det var i sista sekunden som

Gunvor kom på att fråga om detta självklara. Hon hann förbanna sig själv innan hon log och försökte se ut som om hon tänkt på det hela tiden.

"Självklart. Jag fixar det på en gång." Men det försvann kyparen in i köket med snabba steg.

Gunvor bestämde sig för att vara nöjd med sin insats trots att hon varit nära att missa viktig information. Ingen skada var skedd så ingen anledning att klanka ner på sig själv. Nu skulle hon snart få reda på om det var samma Felix. Men det var ännu inte solklart vad hon skulle kunna dra för slutsatser om det var så.

Kyparen var snart tillbaka. Kollegorna hade heller inte vetat om Felix och Per kände varandra. Ingen hade sett något annat än att Per varit där och att Felix tagit hans beställning vid minst ett tillfälle.

"Det här får jag egentligen inte göra." Efter att ha lämnat tillbaka fotot på Per plockade kyparen upp en lapp ur fickan på förklädet och la på bordet framför Gunvor.

"Lova att du säger till om du träffar på honom. Felix alltså."

"Jag lovar. Du med?"

Kyparen nickade till svar innan han begav sig de få stegen tillbaka till sin plats i baren. Gunvor jämförde genast telefonnumren. Det var inte samma. Vilken egentligen var självklart även om det skulle visa sig vara samma Felix. Det telefonsvararmeddelande han hade på det första numret var inget man gav till en arbetsgivare. Hon ringde upp det nya numret. Efter några signaler gick telefonsvararen igång. Det var inte helt lätt att avgöra. Men Gunvor tyckte att det var samma röst som på den andra telefonsvararen. I alla fall väldigt lik. Tack och lov var det nya numret ett vanligt abonnemang så det tog inte lång tid för henne att få fram en adress till den Felix som arbetade extra på Urban Deli. Felix Wiik. Efter lite funderande lyfte Gunvor mobilen och slog numret till David.

12.

Aidan och Marie hade stämt träff på café Chokladkoppen i Gamla stan för att diskutera hur de skulle gå vidare. Aidan hade varit där en gång med Drew som berättat att det var en mötesplats för homosexuella. Han mindes det som ett trevligt ställe med vänliga och nyfikna gäster. Han och Drew hade genast kommit i snack med några vid bordet intill deras.

Aidan hade tänkt föreslå att de skulle gå vidare till båten Patricia lite senare. Deras söndagar var vigda för gaypubliken. Men först ville han kolla om Marie verkligen ville fortsätta letandet. Inte för att hon sagt ett ord om det, hemlighetsfull som hon var, men hon hade väl antagligen också ett jobb att gå till på dagarna och imorgon var det måndag. Aidan hade förmånen att kunna styra de flesta av sina lektioner till eftermiddagarna. Men han hade egentligen inte råd att sova bort hela förmiddagarna. Normalt behövde han ett par timmar till att förbereda sig. Samtidigt visste han med sig att om Marie ville att de skulle fortsätta leta så var det inget han hellre ville. Då fick resten ordna sig på något sätt.

Det var inte många gäster i caféet. Förutom dem själva satt det två par vid varsitt bord. Det ena paret var helt uppslukade av varandra med sammanflätade fingrar och huvudena tätt ihop. Aidan hann precis börja känna sig upprymd över den förälskelse som paret utstrålade innan hans tankar blev abrupt avbrutna av en väsande viskning från Marie.

"Jag förstår faktiskt inte varför han hänger på sådana här ställen."

"Vad menar du?"

"Du vet..."

Marie hade verkat stressad och sammanbiten sedan de träffats utanför spärrarna i Gamla stan. Aidan hade inte fått mycket till svar när han försökte småprata om både ditt och datt under deras promenad till

Stortorget. Det var först när de satt vid det rangliga men charmiga träbordet med varsin latte som hon öppnade hon munnen. Men hennes syrliga kommentar var helt obegriplig för Aidan som ändå gav sig på att försöka bena ut situationen.

"Vår generation har haft stora svårigheter att acceptera personer som är gay. Det är väldigt märkligt när man tänker på det. Att man skulle tycka illa om någon beroende på vem de vill vara tillsammans med. Det handlar ju om otroligt positiva saker i en människas liv; kärlek, attraktion, sex…. Hur kan man ha något emot det? Jag skulle då inte vilja att någon hade åsikter om vem jag har känslor för."

Aidans försök till flirtigt leende verkade gå Marie helt förbi. Hon vände huvudet mot fönstret och stirrade ut över Stortorget utanför med en blick som ett trumpet barn.

"Men han är inte någon jävla bög."

Aidan blev chockad över den plötsliga ilskan i hennes röst och upprörd över vad hon just vräkt ur sig. Vilket hördes på hans röst när han svarade.

"Men vad fan menar du? Är han inte gay, eller? Varför har vi då spenderat de senaste kvällarna och nätterna på de där klubbarna?"

Aidan blev själv lite chockad över sin starka reaktion. Marie vände blicken mot honom. Styrkan i hans röst verkar inte ha bekommit henne.

"Han har väl sina behov."

"Behov?"

"Ja."

Marie såg plötsligt ut som en trotsig tonåring. Enligt Aidan var hennes argumentation också på den nivån.

"Men att man har den typen av behov är väl ett ganska tydligt tecken på att man är gay?"

"Men jag vet att han inte är bög. Vi har faktiskt varit tillsammans. Ett par, alltså."

Uttalandet kom som en chock för Aidan. Handlade allt detta om svartsjuka? Han tog snabbt upp tråden för att Marie inte skulle sluta sig igen.

"När var det här? Varför har du inte berättat om det?"

"Äsch, det var länge sedan. Inget som betyder något nu. Typ i gymnasiet. När vi gick ut var vi äldre och då var vi inte längre tillsammans."

"Så då blev ni kompisar istället? Bara så där?

Marie nickade till svar.

"Tyckte ingen av er att det var jobbigt?"

"Nä."

Aidan studerade Marie i ett försök att förstå om hennes korta svar tydde på just det motsatta. Hon hade inte övertygat honom. Samtidigt var det så många år sedan. Det skulle vara märkligt om hon inte släppt känslorna för någon hon var tillsammans med som tonåring. Var hon en normal människa borde hon ha haft ett antal relationer efter det. Samtidigt var hon inte särskilt normal. Aidan tänkte att det var viktigt att vara öppen för alla möjligheter. Och en möjlighet kunde vara att Marie egentligen var mer svartsjuk än orolig.

"Vi har alltid älskat varandra. Men vi har aldrig haft ett passionerat förhållande. Sex intresserar mig inte. Så det liksom övergick till vänskap helt av sig själv."

Plötsligt fixerade hon Aidan med blicken. Hennes intensiva ögon i kombination med vad hon just sagt fick honom att rodna. Det kändes som om orden varit riktade till honom. Som om det inte bara handlade om att ge Aidan information om försvinnande. Som att hon förstod vad Aidan kände för henne. Som att hon ville förklara sig. I den sekunden försvann Aidans irritation.

"Men har det inte varit smärtsamt under alla dessa år att älska någon men ändå inte vara tillsammans på riktigt? För mig är sex framför allt en intimitet mellan två människor. En närhet med den man älskar. Inte för att jag har med det att göra, men har det hänt dig något som gör att du inte vill komma nära? Eller har du bara inte träffat rätt person?"

Marie såg fortfarande på Aidan men det var omöjligt att tolka hennes blick. Den var inte arg i alla fall. Men inte heller öppen. Hon var inte direkt kall. Men i högsta grad passivt avvisande och extremt hemlighetsfull. I det ögonblicket undrade Aidan vad i hela friden det var han egentligen tyckte var så lockande med henne. Vackra ögon i alla ära. Men han ansåg sig inte vara så ytlig att det skulle räcka. Han var helt klart attraherad. Men kunde inte sätta ord på varför.

"Det har inte med något sånt att göra. Och det är inte mig vi ska prata om nu."

Det var ingen tvekan om att det var slutpratat om den saken så Aidan styrde samtalet åt ett annat håll.

"Så hur vill du göra? Patricia är öppet ikväll. Det kunde var värt att kolla där. Eller du kanske ska upp tidigt imorgon och jobba?"

Aidan hoppades att hans, till synes, oskyldiga fråga skulle ge mer detaljer om Marie.

"Vi går dit."

Marie svepte det sista i sin latte och reste sig sedan för att ta på sig sin kappa.

13

På tunnelbanan, på väg till Urban Deli, hade David noga studerat bilden på den försvunna Per som Gunvor fotat och skickat. David tyckte att det var ett ansikte som var svårt att memorera. Mannen på bilden såg ut som vem som helst i den åldern. Tack och lov var det inte fler på Urban Deli, när han satte sig i baren, än att han kunde granska en i taget och jämföra med bilden. Ingen matchade.

David var inne på sin andra öl när en man satte sig på barstolen bredvid. David nickade lite till hälsning och fick ett, i Davids ögon, sliskigt leende och en blinkning tillbaka. David gissade att mannen var en bra bit över 60. Efter att ha vinkat till sig kyparen och beställt vände han sig åter mot David med ett flirtigt leende och en andedräkt som ångade av vin.

”Vad gör en sån här liten pudding ute alldeles själv en söndagskväll då?”

”Äh… Tar en öl.” David ville inte alls prata med mannen men kände sig ändå tvingad att i alla fall vara lite artig.

Den taniga mannen bredvid honom stirrade oavbrutet på David med vattniga ögon. David i sin tur lutade sig bakåt för att slippa den vinstinna andedräkten i sitt ansikte.

”Jo, jag ser det. Skål.” Mannen höjde glaset som bartendern just ställt framför honom.

David kunde inte annat än höja sitt glas och ta en klunk. Sedan tog han upp sin mobil och låtsades vara upptagen med att läsa ett meddelande. Mannens blick brände fortfarande på hans hud.

”Jag har aldrig sett dig här förut. Är du ny i matchen?” Mannen hade lutat sig så nära David att han kunde känna hans andetag mot sin kind igen.

"Vilken jävla match?"

Den snabbt uppblossade aggressiviteten i Davids röst fick mannen att luta sig tillbaka igen. Men sekunden efter verkade han ha glömt, eller i alla fall ignorerat det, för plötsligt låg mannens hand högt upp på Davids lår.

"Jag tror du vet vad jag menar. Jag kanske ser gammal ut. Men åren har också gjort mig jävligt erfaren. Behöver du nån att köra barebacking med är det bara att säga till."

"Låt grabben vara nu." Plötsligt stod en av kyparna mellan de båda männen. Det hade inte varit många hundradels sekunder från att David hade tappat fattningen och puttat bort mannen. Tydligen hade kyparen uppfattat det. Eller så var mannen i baren ett återkommande problem för andra gäster. Kyparens röst var mjuk men bestämd och fick mannen att genast dra åt sig handen.

"Gå och sätt dig där borta med Sven istället. Han är van vid dina dumheter." Kyparen pekade bort mot en äldre herre som satt vid kortsidan av baren. Vänligt men bestämt föste han mannen av stolen och såg till att han fick styrfart bort mot Sven.

"Jag är ledsen. Han är oförarglig men det är inte kul när han fått i sig för mycket. Han börjar bli gammal och tragisk. Som mig." Kyparen log ett dystert leende när han försöker skoja bort den ansträngda situationen.

"Det är lugnt." David försökte sig på ett leende trots att han kände sig allt annat är lugn. Det snarare kröp i honom av obehag. Hur fan kunde gubbjäveln få för sig att han skulle vara intresserad. Vilket jävla pervo. David hade aldrig hört talas om barebacking. Men han var helt övertygad om att det inte var något för honom. David gjorde sitt bästa för att släppa tanken på incidenten. Han tog ett djupt andetag, beställde en ny öl och försökte fokusera på annat.

Det var rätt mycket folk i restaurangen men ändå ganska lugn stämning. Mest par eller större sällskap som satt vid borden och åt middag. Förutom honom själv, och gubbarna vid kortändan, var det ytterligare några som satt runt bardisken. De flesta verkade dock mer blygsamma och mer i sin egen värld än hans nya bekantskap. Men det slog David att alla i baren var män. Vilket han egentligen inte tyckte var så märkligt när han tänkte närmare på det. Han konstaterade att det inte var särskilt ofta man såg en kvinna hänga ensam i en bar. Så det hade antagligen känts ännu mer besvärande för Elin att vara här själv än det nu gjorde för honom.

14.

Gunvor hade tur. Hon hade just konstaterat att porten till Anders Reimers väg 14 var låst när en man med en hund kom strosande i hennes riktning. När Gunvor såg att han verkade vara i sina egna tankar tog hon snabbt upp mobilen ur fickan och låtsades prata med någon.

"Det är stängt. Kan du komma ner och öppna? Eller förresten, vänta. Jag kanske kan få hjälp att komma in om det är besvärligt för dig."

Gunvor hade börjat prata högt när hon bedömt att mannen var inom avstånd för att höra henne. Hon log sitt allra charmigaste leende mot mannen.

"Går det för sig att jag smiter in med dig så slipper min son komma ner och öppna?" Hon hoppades av hela sitt hjärta att mannen framför henne inte kände Felix så väl att han visste att Gunvor inte var hans mamma. Men han verkade inte det minsta intresserad av vem hon skulle hälsa på.

"Självklart." Mannen log tillbaka och gick före för att öppna porten.

Gunvor sneglade så diskret som möjligt på listan över boende för att se vilken våning Felix bodde på. Nu när hon visste att han hette Wiik i efternamn var det lätt gjort. Det var på bottenplan. Mannen som släppt in henne var redan på väg uppför trapporna.

"Tusen tack."

Han vände sig och lyfte handen till en hälsning innan han försvann uppför trapporna. Gunvor i sin tur gick fram till Felix dörr och ringde på. Hon hörde ringsignalen tydligt. I övrigt var det tyst där inne. När hon ringt på ännu en gång utan framgång gläntade hon försiktigt på brevinkastet. Det var mörkt i lägenheten. Hon kunde se några reklamblad på hallgolvet. Av mängden kunde hon inte bedöma om de delats ut vid ett eller flera tillfällen.

Hon funderade på om hon skulle ringa på hos en granne. Men hon struntade i det. Vad skulle hon säga? För att kunna få någon att berätta när de senast sett Felix måste hon kunna presentera sig själv. Varför hon sökte honom. Att Gunvor aldrig träffat Felix gjorde det svårt. Hon kunde inte låtsas känna honom eftersom hon inte visste något som helst om honom mer än att han jobbade på Urban Deli ibland. Gunvor visste inte ens hur han såg ut. Hon kunde inte heller dra igång rykten om droghandel i hans eget hus. Det var ju bara en ogrundad misstanke än så länge.

Till slut bestämde hon sig för att åka hem igen. Hon var frustrerad över att det inte fanns mer att göra just nu. Frustrerad över att ledtrådarna inte sa henne något. Särskilt frustrerad var hon över att Aidan inte hade tid att vrida och vända på ledtrådarna med henne ikväll heller.

15

Kontrasten mellan den lugna atmosfären på Chokladkoppen och den hetsiga partystämningen inne på Patricia var nästan smärtsam. Marie, som rest sig med sådan bestämdhet, hade plötsligt inte bråttom när de väl kommit utomhus. De hade strosat i sakta mak ner mot Gamla Stans tunnelbanestation, ut på andra sidan och över Centralbron till Söder Mälarstrand. Ljuset från söders höjder speglade sig i den stilla vattenytan och Aidan slogs, som så många gånger innan, av hur vacker hans nya hemstad var. Han hade mycket att tillägga när det kom till stockholmarnas sociala manér. Men stadens skönhet hade han aldrig ifrågasatt. Aidan, som rest mycket i sitt liv och gillade äventyr, var väldigt nöjd över att ständigt få återkomma till denna öarnas stad. Utan resorna hade det kunnat bli för tråkigt. Men eftersom han rörde sig så mycket ute i världen var han tacksam över att ha sitt hem i denna vackra, trygga och förhållandevis lugna stad.

Det hade kunnat vara en romantisk stund. Men Marie verkade långt borta i sina egna tankar. Aidan drog slutsatsen att hon antingen funderade på något eller, i värsta fall, ville markera ett avståndstagande dem emellan. Han suckade över sitt eget överanalyserande och kände sig plötsligt väldigt missmodig. Som om hon kände på sig hur Aidans funderingar gick, stannade Marie plötsligt upp och vände sig mot Aidan.

"Du ska veta att jag är väldigt tacksam för din hjälp."

Aidan nickade till svar och väntade. Det kändes som att hon hade mer på hjärtat.

"Jag vet att jag inte är så lätt alla gånger." Hon släppte Aidan med blicken och såg ut över Mälaren. "Jag är väl en typisk ensamvarg. Med få människor omkring mig. Nära vänner som känner mig och låter mig vara som jag är. Därför blir det extra svårt när någon försvinner så här."

Aidan blev alldeles varm av hennes trevande ord. Han hoppades att det skulle komma mer. Men han tänkte inte försöka tvinga fram något genom att fråga. Plötsligt var hopplösheten som bortblåst.

"Jag har inte så lätt att släppa folk inpå mig. Som du kanske märkt." Hon gav Aidan en skygg blick innan hon såg ut över Mälaren igen. "Och jag har väl lite svårt att uttrycka vad jag känner. Men jag vill verkligen att du ska förstå hur mycket din hjälp betyder. På så många sätt. Jag har aldrig träffat någon som dig innan. Någon som gör så mycket för att hjälpa mig trots att vi inte känner varandra."

Marie darrade på rösten. Det ryckte lite i hennes mungipor innan tårarna började rinna nerför kinderna. Fylld av ömhet sträckte Aidan ut en hand och la den försiktigt på hennes axel. Hon drog sig inte undan men han kände hur hon spände sig. Som ett skyggt djur som vill fly.

"Jag är ledsen... Jag skulle så gärna vilja... men jag kan inte.... Det är för komplicerat...jag hoppas du förstår..."

Aidan förstod inte varför det var så svårt och komplicerat. Men han visste att det var smått omöjligt att förstå andra människor ibland. Människor som hade fått ett helt annat bagage med sig genom livet än det man själv bar omkring på. Eftersom Marie var en så reserverad person, som han dessutom bara känt några dagar, visste han i stort sett ingenting om henne. Han hade inte minsta aning om hur hon tänkte eller kände. Även om han själv var en ganska privat person med stor integritet så var det inget i jämförelse med henne.

"Om saker hade varit annorlunda hade jag gärna... jag menar du verkar vara en så fin person..."

"It´s okay. No worries."

Han drog henne försiktigt men bestämt in i sin famn. De blev stående så en kort stund. Hon med sitt huvud vilande mot hans bröstkorg och han med armarna runt henne. När hon till slut gjorde sig fri från hans grepp var ögonblicket över. De pratade inte mer om saken.

Trots att de båda kände sig rätt utfestade bestämde de sig för att ta en drink. Aidan såg ut över dansgolvet och tog några rejäla klunkar av sin starköl. Det var mycket folk och god stämning. Plötsligt såg han någon som verkade bekant. En man vid bortre sidan av dansgolvet. Deras blickar möttes för ett ögonblick. Sekunden efter lutade sig mannen fram och viskade något i en annan mans öra. Den andra mannen nickade innan de båda trängde sig bort från dansgolvet och ut ur rummet. Aidan kunde inte komma på varför mannen var så bekant. Han hade väl antagligen sett honom förut. Men han kunde inte minnas om det var någon han visat Sebbes foto eller om det bara var en person som han sett i mängden av människor på någon av klubbarna.

"Såg du männen som just gick ut?"

Aidan såg förväntansfullt på Marie för att se om hon kunde hjälpa honom att minnas. Hon nickade eftertänksamt.

"Jag hade precis pratat med honom den kvällen vi träffades."

Då mindes Aidan plötsligt. Han hade sett mannen när han var ute med Drew. En stund innan han träffade Marie. Aidan mindes honom för han hade ett tag funderat på om mannen ifråga var i samma sits som han själv. Han hade suttit ensam och sett uttråkad ut.

"Om du ger mig telefonen så går jag och frågar honom."

"Men jag har ju redan pratat med honom. Han kommer aldrig gå på din snyfthistoria." Marie var bestämd och släppte inte ifrån sig telefonen.

Aidan hade svårt att släppa tanken. Det var något med sättet som mannen hade tittat på Aidan och Marie. Kanske kände han igen dem precis så som de kände igen honom. Kanske kände han till Sebbe trots att han inte sagt något. De rörde sig uppenbarligen på samma ställen. Aidan bestämde sig för att kolla upp saken.

"Passar du min öl? Jag måste gå…" Han lät resten av meningen hänga i luften. Så hade han i alla fall inte ljugit.

Aidan såg honom direkt när han kom ut på däck. Han stod lutad mot relingen och pratade med mannen han just dansat med. Deras blickar möttes. När Aidan började gå mot dem gick mannens sällskap iväg som om de redan gjort upp om det.

"Hej. Får jag störa dig en stund med en fråga?"

"Visst. Jag tror jag vet vad det rör sig om, men ställ din fråga du."

Aidan kunde inte avgöra om mannens ton var trevlig eller ironisk men han fortsatte ändå.

"Vi letar efter en man som kallas för Sebbe. Känner du någon med det smeknamnet?"

Mannen såg på Aidan en stund innan han nickade långsamt.

"Det är en god vän till mig."

Aidan kände en våg av adrenalin rusa genom kroppen. Äntligen ett framsteg.

"Vet du var han är?"

Mannen verkade ha svårt att bestämma sig för vad han skulle säga. Det var inte längre någon tvekan om att han visste något. Nu var frågan hur mycket Aidan kunde få honom att berätta. Till slut tog han till orda.

78

"Det är ingen fara med honom. Han har något han måste göra. Hon får inte veta. Inte än."

Aidan kom av sig. Det här var helt oväntat. Varför skulle inte Marie få veta?

"Du har aldrig pratat med mig. Jag finns inte. Förstår du?"

Med de orden blev Aidan lämnad själv på däck. Han kände självklart en lättnad över att få veta att Sebbe var okej. Men han hade ingen aning om hur han skulle kunna förmedla det positiva beskedet till Marie utan att avslöja sitt samtal med mannen.

Marie verkade inte misstänka något. När Aidan kom tillbaka till baren var hon fullt upptagen med att prata med en av gästerna. Aidan anslöt till dem och fick en kort sammanfattning av det pågående samtalet. Mannen, som presenterade sig som Pål, kände väl igen Sebbe eftersom han hade haft en fling med en av hans vänner. En vän som han kunde peka ut på dansgolvet. Det var en ung man. Antagligen knappt hälften så gammal som Sebbe själv. Pål försökte vinka sin vän till sig men han var mitt uppe i ett partyrus och kunde uppenbarligen inte sluta dansa. Så deras nya sällskap Pål berättade istället om hur Sebbe uppvaktat den unga Alexander. Alexander hade först tyckt att Sebbe var alldeles för gammal. Men till slut hade han fallit för uppvaktningen och de hade haft ett kort men intensivt förhållande. Pål berättade ogenerat om hur de två hade haft sex på toaletten här på Patricia. De hade tydligen träffats under några veckors tid tills Alexander tröttnat på att de alltid träffades på Sebbes premisser. Det hela hade utspelat sig för några år sedan med ett antal "återfall" som Pål kallade det. Men nu var det länge sedan de stött på honom. Pål kunde dock inte redogöra för huruvida det handlade om veckor eller månader sedan sist.

79

Aidan var glad för samtalet men tänkte fortfarande på det han fått veta av mannen ute på däck. Plötsligt såg han honom igen på dansgolvet. Han dansade nära sitt sällskap och visade inga tecken på att känna igen Aidan.

Aidan kände att han borde göra något men visste bara inte vad. Särskilt som han hade Marie tätt vid sin sida. När hon ursäktade sig och gick på toaletten var han snabb att agera. Han höjde sin iPhone och log överdrivet mot den som om han tog en selfie.

Mycket mer än så fick de inte ut av kvällen trots att de stannade ytterligare någon timme. Nog för att Aidan fått omvälvande information. Men om han inte kunde använda den så var det ju inget värt. Han hade funderat både en och två gånger på om han skulle berätta det för Marie i alla fall. Det var ju ändå på hennes sida som han bestämt sig för att vara. Men något fick honom att låta bli. Om Sebbe inte ville att Marie skulle veta varför han försvunnit så hade han säkert en bra anledning. Hur mycket Aidan än led med Marie så ville han inte förstöra för Sebbe. I alla fall inte så länge han inte visste vad han hade för anledningen att hålla sig borta. Vad det än var så skulle Marie snart få veta. Och under tiden kunde han själv passa på att lära känna henne lite bättre.

De skiljdes åt utanför Patricia. Marie insisterade på att ta en taxi trots att Aidan hade erbjudit sig att följa henne hem. Han tyckte att det kändes lite märkligt att inte veta var hon bodde trots all den tid de spenderat tillsammans. Men det var inte mycket att göra annat än att påbörja promenaden till Mariatorgets tunnelbana.

När han vinkat av Marie kastade han en sista blick på Patricia. Det glimmade till av en cigarett uppe på däck. Aidan tyckte sig ana konturen av mannen som var vän med Sebbe. Men han var inte helt säkert på om det var sant eller om det var hans fantasi som spelade honom ett spratt.

,

16.

Alexander hade haft en riktigt kul kväll. Förutom den lilla fadäsen att han flirtat med två män samtidigt. Han hade snabbt blivit avslöjad och det hela hade slutat med att han fick gå hem själv i alla fall. Tanken hade ju varit att dubbla chanserna. Alexander fnissade till när han tänkte på det. Det var inget som bekymrade honom mer än att han gärna haft sällskap nu i mörkret.

Pål hade gått hem för länge sedan: Han skulle jobba imorgon. Annars hade de haft sällskap hem. Alexander var ändå glad att Pål följt med ut. Frågan var hur roligt Pål hade haft det ikväll. Till skillnad från honom själv hade Pål varit spiknykter. Pål var oftast tålamodet självt och lät Alexander vara hur galen han ville. Men just ikväll hade han sett lite trött ut. Särskilt när han blev den som fick prata med de där två som letade efter Sebbe. Vad nu det rörde sig om.

Alexander tyckte inte riktigt om att vara ute själv så här sent. Eller snarare tidigt. Han hade alltid varit lite mörkrädd. Det hängde fortfarande en del människor utanför Patricia så han hoppades att några fler skulle bege sig åt samma håll som honom själv. I några sekunder övervägde han att fråga om sällskap. Men så ångrade han sig och spanade efter en taxi istället. Gatan var helt öde på biltrafik. Så han bestämde sig för att börja gå längs kajen mot Hornstull. Han kunde alltid stoppa första bästa taxi.

Utanför Münchenbryggeriet skrålade ett gäng fulla män. Alexander ökade på stegen. Han förbannade sin rädsla. Rädd för att bli ensam påhoppad av ett gäng ölstinna karlar som inte gillade bögar. Till hans lättnad verkade de inte ens lägga märke till honom. De ägnade all energi åt att försöka överrösta varandra med förslag på möjliga ställen för efterfest.

Även om männen inte ens skänkt honom så mycket som en blick var rädslan i honom aktiverad. Han kände sig förföljd. Den välbekanta oron

81

malde i hans mage. Han tyckte inte heller om tystnaden runt honom. Hur hans steg tycktes eka. Han var så less på sin rädsla men han visste inte hur han skulle komma undan den. Mörkret hade skrämt honom ända sedan han var liten. Det hade aldrig gått över. Hemma hade han alltid en lampa tänd om natten. Minst. Men här på gatan kunde han inte påverka ljuset. Visserligen var gatlyktorna fortfarande tända. Men det var som om mörkret kröp in runt honom i alla fall. Som om skenet från gatlyktorna bara gjorde det svårare att se vad som försiggick i skuggorna. I mörkret. Bakom träddungarna. På båtarna längs kajen.

Han stannade och stirrade på gångbanan bakom sig. Var det inbillning eller hade han hört steg? Han visste med sig att hans fantasi kunde spela honom spratt. Därför studerade han noga vägen han just gått för att lugna sig. När en skepnad plötsligt reste sig bakom en parkerad bil blev Alexander så rädd att han inte fick fram ett ljud. Han kunde plötsligt inte röra sig. Kontrollen över kroppen hade upphört att fungera. Det enda han förmådde göra var att se figuren närma sig med en fascinerande snabbhet. Något glimmade till i gatskenet. När slaget träffade Alexanders huvud blev han förblindad av den intensiva smärtan. Sekunden efter fick han en rejäl knuff utför kajkanten. Redan innan hans kropp uppslukades av det iskalla vattnet var Alexander borta för evigt.

Måndag 2 november

Gunvor hade ingen aning om vad hennes nästa steg skulle vara. Att fortsätta spana på Urban Deli var hennes enda uppslag och där kunde hon ju inte sitta själv dagarna i ända. Nog för att kyparen sagt att han skulle kontakta henne om Per eller Felix syntes till. Men för det första jobbade han inte jämt och för det andra så var det inte säkert att han var att lita på. Gunvor funderade på om hon skulle be Elin idag. Hon ville säkert också vara del av den här spaningen nu när David var det. Vad Gunvor i så fall själv skulle göra var fortfarande ett mysterium för henne.

Hon kände sig lite dålig som tog betalt av en förtvivlad kvinna när det nu var så uppenbart att mannen var ute och roade sig. Kanske borde hon göra ett nytt försök att få titta igenom Pers och Evas hem. Eller i alla fall Pers arbetsrum. Eller som allra minst hans dator. Gunvor var övertygad om att det skulle gå att hitta spår av den pågående romansen där.

Gunvor slog telefonnumret. Det gick knappt fram en signal innan hon fick svar. Hon tog sig god tid att förklara hur viktigt detta var för att komma vidare. Att det med största sannolikhet fanns ledtrådar i hemmets dator. Men Eva var fortfarande benhård på den punkten. Hon intygade att hon kollat själv och inte hittat någonting.

"Det finns ju väldigt lite att gå på," försökte Gunvor. "Är det något annat du kommit att tänka på sedan sist?"

"Nej." Svaret kom snabbt.

"Och du har inte funderat på om du sett tecken på en annan kvinna?" Gunvor tyckte att det var direkt obehagligt att ställa frågan. Eva hade så tydligt visat att hon inte trodde att det rörde sig om otrohet. Men eftersom Pers pappa pekat i den riktningen, och Gunvor själv trodde på den teorin, var hon tvungen att vara envis. För det fanns en stor chans att Eva satt inne med information som hon bara inte orkat bearbeta. "Någon han jobbar nära eller någon i vänkretsen som han har särskilt bra kontakt med?"

"Det är inte en annan kvinna. Jag om någon vet väl det. Det är min man vi pratar om." Evas röst var plötsligt gäll och upprörd.

"Jag är hemskt ledsen om jag gör dig upprörd. Men det är faktiskt den vanligaste orsaken till att folk beter sig märkligt. Tro mig. Han har tagit semester utan att prata med dig om det. Eller ens informerat dig. Det verkar planerat in i minsta detalj. Bakom din rygg." Gunvor kände sig hemsk. Men det måste sägas för att de skulle ha möjlighet att komma vidare. Det behövdes mer ledtrådar.

"Jag tycker att du kan höra med Pers pappa om hur han behandlar sin son."

"Jag har pratat med Carl-Bertil. Han insinuerade att det inte är första gången som Per roar sig på egen hand." Gunvor höll andan efter att ha kastat ut den verbala minan. Rädd för att Eva skulle bryta ihop.

"Äh, det är han själv som är sådan. Den gubben kan inte hålla fingrarna i styr. Det är önsketänkande från hans sida att Per skulle vara som honom själv. En riktig karlakarl. Per är inte sån. Han är känslig och lättpåverkad. Och Carl-Bertil gör vad han kan för att styra honom med järnhand. Han har varit nära att knäcka Per många gånger."

"Men jag förstår inte varför det skulle få honom att ta semester. Har han gjort så här förut?

"Nej."

Det blev tyst i luren. Gunvor visste inte vad hon skulle säga så hon väntade på att Eva skulle fortsätta eller slänga luren i örat på henne.

84

"Han är bra på att dölja det i början av en deppig period. Men förr eller senare brukar han öppna sig. Om jag bara ger honom den tid han behöver så kryper det alltid fram. Tids nog. När han är redo. Per har alltid haft stor press på sig hemifrån så han har inte så lätt för att visa sig svag. Det är också det som är faran. Om han inte släpper ut det i tid så kan han bli djupt deprimerad. Jag hade börjat oroa mig innan han försvann. Han hade hållit sig undan en tid och bara jobbat. Mer och mer."

Plötsligt var Eva mild och stadig på rösten igen. Gunvor trodde egentligen inte på hennes teorier men hade inte hjärta att säga emot.

"Frågan är om du inte ska kontakta polisen. Om du är orolig för att han skadar sig, menar jag. Och kolla med sjukhusen."

Gunvor hörde Eva ta ett djupt andetag innan hon fortsatte. Det var svårt att avgöra om det berodde på otålighet eller oro.

"Han kommer inte att skada sig själv. Men jag vill hitta honom. Jag vill visa att jag finns där för honom. Kanske var det ingen bra idé att kontakta er. Jag förstår om du vill dra dig ur."

"Jag vill inte dra mig ur. Det är bara svårt att veta vad jag ska göra och var jag ska leta. Men jag fortsätter." Gunvor gjorde sitt bästa för att låta övertygande men hade fortfarande ingen aning om vad hennes nästa drag skulle vara.

"Tack. Vi hörs igen."

Med det var samtalet över. Gunvor suckade djupt innan hon slog numret till Elin.

18

Det var bara ett fåtal gäster i lokalen när Elin klev fram till baren på Urban Deli och beställde en öl. Det kändes märkligt att beställa alkohol så här tidigt en måndag eftermiddag. Märkligt och samtidigt befriande. Under sommaren spaningsjobb hade hon upptäckt både bra och mindre bra sidor hos sig själv. Mod, skönhet och en alldeles för stark dragning till berusning. Det sistnämnda hade växt sig starkare under hennes korta relation med Chibbe. Att han liksom lockade fram den sidan hos henne var en av anledningarna till att hon brutit med honom. Men det var inget hon sagt till vare sig Gunvor eller David.

Ölen smakade gott. Hon var egentligen mer för rosé. Men just nu, när hon måste hålla huvudet någorlunda klart, passade en mellanöl bättre.

Gunvor hade ringt mitt i en svensklektion. Med en ursäkt om att hon behövde gå på toaletten hade Elin skyndat ut i korridoren för att kunna svara. Trots det hemska som hänt i deras förra fall var samtalet efterlängtat. Spänningen som extrajobbet med Gunvor fört in i hennes liv ville hon inte vara utan. Hon hade genast tackat ja och sedan stått kvar i korridoren några minuter och studerat det foto som Gunvor skickat henne. Till slut hade hon motvilligt gått tillbaka till lektionen. Men hon kunde inte längre koncentrera sig på naturalismens litterära estetik.

Elin hade gått till Urban Deli direkt från skolan. Måndagar var en av de dagar hon slutade tidigt. Normalt brukade hon hänga kvar i biblioteket och plugga med några i klassen. Men idag hade hon gett sig av efter lunchen. Skolbespisningen var ingen höjdare men det var ännu sämre att dricka på fastande mage. Så hon hade tvingat i sig lite chili con carne och en hel del bröd.

En man på andra sidan baren höjde sitt glas i en skål. Han log hastigt innan han tog några klunkar och återvände till att läsa tidningen. Elin skålade tillbaka och kände lättnad över att mannen inte verkade vara intresserad av annat än att just skåla.

Vid ett av borden vid fönstret satt två damer och åt en sen lunch med varsitt glas vitt vin. Deras gångstavar stod lutade mot väggen. Elin tyckte att det såg härligt ut. Tänkt vad skönt att vara pensionär och bara göra vad man känner för. Promenera med bästa väninnan och dricka vin till lunch. Om man hade råd förstås. Det var nog inte alla pensionärer som kunde unna sig den lyxen.

Elins blick gled vidare över rummet och betraktade gästerna ingående. Vid bordet bredvid damernas satt tre män i 30-årsåldern med varsin latte. Vid bordet närmast butiken satt en ensam, äldre man med det sista av en öl framför sig. Han tittade ut genom fönstret, men hans tankar verkade vara ännu längre bort. Mannen var solbränd med ljust hår som såg färgat ut. Det saknade inslag av grått som annars hade varit naturligt i hans ålder. Han var elegant klädd på ett avslappnat vis. Elin kunde inte se byxorna, därifrån där hon satt, men den gråa tröjan såg dyr ut och den röda halsduken, som hängde ledigt runt halsen, kände hon igen från Filippa K. Snygg och skönt mjuk. Men alldeles för dyr för Elin själv.

Förutom mannen, som skålat med henne från andra sidan baren, satt två herrar lite längre bort på samma sida som henne. Den ena hade sin hand på den andres lår och de satt tätt ihop och verkade prata förtroligt med varandra.

Hon lät blicken glida tillbaka till den snyggt klädda mannen som fortfarande stirrade ut över parken utanför. Hon gissade att han också var gay. Hon skämdes lite över att dra sådana slutsatser utifrån hans utseende. Men var ändå rätt säker på att hon hade rätt. Just då verkade han vakna upp ur sina tankar och deras blickar möttes. Elin gav honom ett svagt leende innan hon lät blicken glida vidare som om det bara var en slump att hennes

87

ögon varit fästa just vid honom. I ögonvrån såg hon honom tömma det sista i glaset och resa sig upp. Snart stod han bredvid henne i baren och försökte fånga bartenderns uppmärksamhet.

"Vilken härligt lugn eftermiddag," sa mannen och log vänligt mot Elin.

"Ja, det är inte ofta man har tid att ta en öl för sig själv den här tiden på dagen."

"Så sant. Får jag bjuda dig på en påfyllning? Och kanske lite sällskap?"

"Gärna. Tack." Elin blev riktigt glad. Det skulle helt klart kännas mer bekvämt med sällskap. Det var något tragiskt över att sitta själv i flera timmar och drick öl efter öl. Något som folk lätt skulle lägga märke till.

"Mysigt ställe det här. Jag har faktiskt aldrig varit här förut." Elin gjorde sitt bästa för att starta ett samtal. Han hade just tömt det sista i sitt ölglas när två nya ställdes på bardisken framför dem. Den välbekanta och behagliga känslan av berusning hade börjat krypa in över henne.

Mannen synade henne med vänliga ögon.

"Nej, du har väl inte haft åldern inne så länge." Elin antog att det var en komplimang.

"Men söta tjejer som du brukar inte behöva visa leg. Så du har kanske varit ute en hel del trots din ungdom. Ja, lyckliga dig som har så många år kvar. Själv sitter man här som en patetisk gammal ungkarl."

Han avslutade sitt lilla tal med en suck.

"Det är inte alltid en fördel att vara ung. Man vet att man förväntas göra något av sitt liv och helst också en insats för världen. Men inte vad." Elin slog in på samma spår och filosoferade vidare. Hon tänkte att det var bra att skapa sig ett förtroende så att hon kunde visa bilden på Per Cedergren så småningom.

"Tyvärr måste jag meddela att det är samma för mig, trots att jag är gammal. Skål på dig."

Mannen lyfte glaset och Elin gjorde detsamma. Den första ölen hade fått henne att slappna av och må riktigt bra.

"Thomas." Mannen sträckte fram sin hand till en hälsning. Hon fattade den och kände att hans handslag var starkt.

"Elin."

"Elin. Säg mig, varför sitter du just här? En ung människa som du borde väl kunna hitta bättre ställen än det här för en eftermiddagsdrink. Nog för att de har fantastiskt god mat här. Men du äter ju inte. Så jag gissar att det inte är den kulinariska upplevelser som du är ute efter. I din ålder vill man väl ändå ha något ungt och snyggt att titta på?"

"Jo." Elin drog på svaret medan hon funderade på vad hon skulle göra. Hon bestämde sig för att gå rakt på sak. Det var ju ändå därför hon satt här. Så hon tog upp sin telefon och knappade fram fotot på Per Cedergren.

"Den här mannen är anmäld försvunnen. Känner du igen honom?"

Reaktionen när hans blick föll på fotot avslöjade klart och tydligt att Thomas kände igen Per. Och mycket riktigt så nickade han.

"Jag känner honom inte. Men jag känner igen honom."

Elin kände hur pulsen steg av upphetsning. Tänk om hon kunde lösa en pusselbit i det här fallet.

"Har du pratat med honom?"

"Nej. Och skulle jag få chansen var det inte prata jag skulle ägna mig åt." Thomas log hemlighetsfullt. "Män i min ålder, som vet vad de vill, spiller inte tid på onödigheter. Och prata är inte vad jag är ute efter i alla fall. Alltså gärna med dig, här och nu." Thomas såg ut att bli generad när han trasslade in sig i resonemanget men fortsatte ändå. "Men med en sådan som han är det annat man vill ha."

Det tog Elin några sekunder att förstå.

"Men… Är han gay?"

Thomas skrattade åt hennes förvånade min.

"Ingen aning. Men jag är det. Och flera andra av de som hänger här regelbundet. Men många kommer ju hit för maten så det är svårt att säga vad gäller den här mannen. Jag har inte sett något särskilt som skulle tyda på det. Å andra sidan är jag mest upptagen av mig själv och mina förehavande." Thomas blev plötsligt allvarlig. "Men du sa att han är försvunnen. Och här sitter jag och skämtar. Usch på mig. Tror du att det har hänt något?"

"Nej, det mesta tyder på att han håller sig borta självmant. Vi har en teori om att han träffat någon och dragit iväg från fru och andra plikter."

"Ja, han är väl inte den första karlslusken i mannaminne som gör det. Tyvärr." Thomas gjorde en grimas men såg sedan på henne med en glimt i ögat. "Så du är privatdetektiv?"

Han väntade på hennes nickande svar innan han fortsatte.

"Då skulle jag verkligen behöva din hjälp." Han log pillemariskt innan han fortsatte. "Att hitta mannen i mitt liv. Men jag har aldrig träffat honom så jag har inga signalement."

Både Thomas och Elin brast ut i skratt.

"Jag vet vad du menar. Jag letar redan efter min egen. Hittills har jag bara lyckats följa villospår."

"Det skålar vi för."

Deras glas möttes i ett ljudligt klingande. Eftermiddagen blev trevligare än Elin förväntat sig i sällskap av sin nya vän.

19

Aidan var inne i sina tankar när han promenerade från Östermalmstorgs tunnelbaneuppgång på Grev Turegatan till lägenheten några kvarter bort på samma gata. Drew hade bett honom kontakta Morgan så många gånger att Aidan inte hade hjärta att skjuta på det längre. Dessutom var han själv lite nyfiken på varför Morgan släppt kontakten med Drew. De verkade ha haft ett så starkt möte. Men Morgan var väl inte den första som fått kalla fötter dagen efter. När vardagen var åter och man var nykter igen. Aidan hoppades bara att Morgan inte skulle ta illa upp för att han trängde sig på.

När Aidan passerade Sturegallerian såg han att det som vanligt var fullsatt på restaurangen både där och på Grodan mitt emot. Det var i de här kvarteren de hade spanat under sensommaren. Han, Gunvor, Elin och David. Då hade det varit varmt och skönt till skillnad från nu. Aidan frös i den kalla höstvinden.

Han kände på porten. Förvånansvärt nog var den öppen. Det var antagligen på grund av det grus som samlats vid tröskeln som dörren inte slagit igen helt. Trapphuset var stilfullt och påkostat. Marmorgolv och flott stuckatur i taket. Långt ifrån hur det såg ut hemma i Fruängen.

Han bestämde sig för att ta trapporna. Det var lika bra att ta vara på den träning han kunde få. Enligt honom var vardagsmotion viktig. Varje trappsteg, varje kasse man bar från affären gjorde skillnad. Eftersom han var vältränad tog han sig snabbt upp för de tre våningarna utan att bli det minsta andfådd. När han väl stod utanför Morgan Lundins dörr tog det honom några sekunder att förstå vad han tittade på. Det blåvita plastbandet var bekant på något vis. Men det var först när han läste texten på banden som han greps av oro. "POLIS. AVSPÄRRAT."

Aidan ryckte förskräckt till när hissen sattes i rörelse. Han hade varit helt inne i sina egna tankar. Vad hade hänt med Morgans lägenhet? Aidan behövde inte fundera särskilt länge. När hissen stannade precis bredvid honom klev en granne ut.

"God kväll." Den äldre kvinnan såg stint på honom med nyfiken blick.

"God kväll."

Kvinnan tog de få stegen fram till dörren bredvid Morgans. Det tog en stund för henne att hitta nycklarna i handväskan. När hon till slut fick upp dem blev hon stående med dem i handen. Så vände hon sig om och såg på Aidan.

"Vad har ni för ärende?"

Hon fortsatte innan Aidan hann svara.

"Kände ni herr Lundin?"

"Ja, vi är bekanta. Jag skulle behöva komma i kontakt med honom."

"Åh, kära hjärtanes. Vet ni inte? Det är så förfärligt. Herr Lundin är bragd om livet. Mördad."

Aidan visste varken ut eller in. Ett tag kändes det som om han skulle svimma. Den knappt 20 minuter långa resan hem kändes som eoner av tid. Han hade en stark känsla av att han borde göra något men han visste inte vad. Till hans stora lättnad var Gunvor hemma. Hon såg förvånad ut när hon öppnade dörren men satte sig snabbt in i hans dilemma.

"Du måste ringa polisen. Du är ju på ett sätt lite som ett vittne. De vill säkert höra från dig. Men framför allt kommer du att få reda på vad som hänt. Förhoppningsvis."

Gunvor slösade inte på tiden utan knappade in numret till polisen och räckte över telefonen till Aidan. När samtalet besvarades berättade Aidan om hur hans engelska vän bett honom kontakta Morgan. Att han varken hört av sig eller dykt upp i London som planerat. Polisen var mycket mer intresserad än vad Aidan väntat sig. När han till slut la på luren hade han förstått så mycket som att Morgan blivit mördad samma förmiddag som Drew åkt hem. Aidan hade lämnat kontaktuppgifterna till Drew så nu var det bråttom att nå honom innan de den svenska polisen gjorde det.

Samtalen blev känslosamt som väntat. Drew blev så klart både rädd och ledsen. Chocken uttryckte sig i tårar och förtvivlade tjut. När det värsta så småningom hade lagt sig kände Drew också lättnad över att inte ha blivit övergiven. Men sorg för att han aldrig skulle få veta hur det kunde ha utvecklat sig mellan dem. Även Aidan hade svårt att hålla tårarna borta. Drew sa, fler än en gång, att detta hade kunnat vara hans livs stora kärlek. Aidan trodde honom. Det var ingen tvekan om att det varit något alldeles speciellt med Morgan.

När de till slut la på var Aidan helt slutkörd. En natt på stan var mer än han skulle klara av just nu. Hur mycket han än ville hjälpa till. Han orkade inte ens prata med Marie utan stängde resolut av telefonen.

Men innan han gick upp till sig fick han en stor whisky och sedan en till. Han hade svårt att förstå sin egen reaktion. Det var klart att det var otroligt sorgligt och skrämmande att Morgan blivit mördad. Det var också sorgligt att Drew aldrig mer skulle få träffa Morgan. Men Aidan var framför allt fastnaglad av en känsla av att allt höll på att gå åt helvete. Att man inte kunde veta någonting. Ena dagen dansade man och var glad och nästa kunde man vara död.

När han fått en tredje påfyllning på sitt glas började han slappna av. Whiskeyn hade gjort honom matt. Så han tömde glaset ganska snabbt, kramade Gunvor och gick till sängs.

Imorgon blir en bättre dag, var det sista Aidan tänkte innan sömnen tog över.

21.

Tisdag 3 november

Gunvor hade kallat alla till ett möte hemma hos sig. Hon behövde all hjälp hon kunde få. Kanske hade någon av de andra sett eller hört något som var av betydelse fast de inte insett det själva. Hon hade även bjudit in Aidan. Delvis för att han var van att vara hennes bollplank. Men framför allt för att han också letade efter en försvunnen person och behövde hjälp att komma vidare med det.

David slutade skolan vid tretiden. Med buss 703 från Huddinge centrum skulle han vara hos Gunvor senast kvart i fyra. Elin slutade redan klockan två så hon skulle säkert komma tidigare. Om hon inte gick hem emellan det vill säga. Aidan skulle jobba hemma hela dagen i ett försök att komma ikapp med de arbetsuppgifter som släpat efter sedan han träffat Marie. Men han hade lovat att komma ner en stund när de andra var på plats.

Gunvor hade spenderat större delen av den tidiga eftermiddagen med att försöka sammanfatta sina egna iakttagelser och teorier. Hur mycket hon än vred och vände på det lilla material hon hade så kom hon fram till samma slutsats. Att Per Cedergren hade träffat en annan kvinna och inte ville bli nådd. Kanske behövde han tid med den andra kvinnan innan han tog steget till skilsmässa. Eller så tröttnade han på älskarinnan och kom hem igen. Om det var som Pers pappa sagt, att han var notoriskt otrogen, kanske det bara var ännu ett litet äventyr vid sidan av. Han verkade ha för vana att göra vad som föll honom in. Kanske hade Eva blundat för små, tillfälliga snedsteg innan och plötsligt tyckte han sig ha rätten att ta ut svängarna. Bli mindre försiktig.

Vad Eva själv än sagt om att han var känslig och under hård press från sin far, så verkade ändå Carl-Bertil ha en mer realistisk bild av den rådande situationen. Gunvor tänkte att det var sorgligt att Eva verkade leva i en sådan lögn. Men Gunvor visste hur det var. Hon hade själv levt i en liknande lögn under många år. Tyvärr inget som var vare sig märkligt eller ovanligt. Bara sorgligt.

Elin kom först. Hon hade inte med sig någon väska så Gunvor antog att hon hade hunnit hem emellan. Hennes nyfikenhet drev henne till att göra sådana iakttagelser. Men hon lät bli att fråga för hon visste att Elin inte gillade om hon var för kontrollerande. Och det hade ju verkligen ingen som helst betydelse. Gunvor tyckte att Elin såg lite blek ut. Men vad kunde man vänta sig i november? Alla som inte spenderat den senaste månaden på Gran Canaria, som hon själv, hade all anledning att se blek och tärd ut.

"Vi väntar med att prata om våra spaningar tills alla är på plats, om det är okej för dig. Vill du ha kaffe?"

"Ja, absolut. Kaffe låter gott."

På Elins förfrågan berättade Gunvor lite mer om sina dagar i solen medan hon fixade kaffe i den nya bryggaren och skar upp bitar av turrón, den makalöst goda nougaten som hon hade med från Spanien. Själv tyckte hon inte att det var så mycket att prata om. Men hon såg att Elin sög i sig alla detaljer om slöa dagar i solen och värmen. Om hur de börjat varje dag med att köpa färskt bröd, hos den lokala bagaren, som de sedan åt i solen på balkongen med goda pålägg och kaffe. Om förmiddagarnas promenader till Amfi Beach och dopp i det ljumma, turkosa havet. Om middagar med vin på restaurang. Eller tapas, öl och fotboll på TV i någon av de lokala haken på torget i Arguineguin.

"Men för jössenamn. Du kan ju åka dit när du vill. Att jag aldrig har sagt det tidigare. Kjell har ett sovrum över och han älskar sällskap."

"Han sa faktiskt det själv när han var här. Både till mig och till David."

97

Gunvor skänkte Kjell en kärleksfull tanke. Hon hade verkligen haft tur som träffat en så omtänksam man.

"Jag och David har pratat om att vi jättegärna vill åka. Men jag går ju fortfarande i skolan och David har också börjat plugga nu."

"Okej. Men tro mig, det är verkligen värt det om ni kan komma iväg. När som helst på året. Det är ju alltid sommar där."

Det ringde på dörren. David hann knappt komma in och stänga om sig innan Gunvor började berätta för dem om vad Aidan varit med om dagen innan. Hon ville att de skulle veta innan han kom ner.

"Men Gud så sorgligt. Och hemskt." Elin fick tårar i ögonen.

"Ja, fy fan." David kom inte på något annat att säga.

"Vi kan väl låta bli att ta upp det med Aidan? Låta honom bestämma om han vill prata om det eller inte."

Både Elin och David höll med.

Snart var de samlade runt hennes köksbord igen. Gunvor myste av välbehag. Trots allt. Att hon inte kommit någon vart med fallet kompenserades av att hon nu äntligen hade sina bästa vänner omkring sig. Förutom Kjell förstås. Hon hann känna ett styng av dåligt samvete för att hon rest från honom. Men hon hade inte tid att skämmas över det nu så hon sköt tanken åt sidan innan hon tog till orda.

"Älskade vänner. Stort tack för att ni är här för att hjälpa mig. Ska vi köra laget runt eller vill någon av er börja?"

"Jag vill gärna börja."

Det hade varit full aktivitet när Aidan kom ner. David hade berättade något från sin utbildning. Gunvor hade kommit på att hon också ville bjuda på Ron Miel och haft fullt sjå att hitta fyra små glas. Först när de alla satt vid bordet lade Gunvor märke till Aidans stressade uppsyn. Vilket i och för sig inte var något märkligt med tanke på att Morgan blivit mördad. När de alla satt sig ner frågade hon i alla fall för säkerhets skull.

"Hur är det, Aidan?"

Elin och David tystnade genast och såg på Aidan.

"Det har hänt något fruktansvärt."

"Jag tog mig friheten att berätta för de andra innan du kom." Gunvor klappade honom tröstande på armen.

"Jag menar inte det. Det har hänt ännu en sak."

Aidan darrade på rösten. Den dramatiska inledningen förvandlade snabbt stämningen från mysig och lite kaotisk till allvarlig och totalt fokuserad.

"Ni vet ju att jag har hjälpt en kvinna vars kompis är försvunnen. Sebbe."

Aidan lät orden hänga kvar en stund i luften för att kolla av att alla var med. När ingen svarade, men alla nickade, fortsatt han.

"I söndags var jag och Marie på Patricia. Ni vet, discobåten."

Aidan kollade noga att alla nickade igen innan han fortsatte.

"Jag pratade med en person där. Eller nej, jag pratade med hans kompis, men om honom. En ung man som haft en relation med den här Sebbe."

Aidan tog en paus igen. Han kämpade för att hålla sig lugn.

"Han blev mördad senare samma natt."

Alla stirrade förskräckt på Aidan.

"Vem?" Elin ställde frågan samtidigt som hon tog upp sin telefon för att googla om den hemska nyheten.

"Han du pratade om eller han som ni letar efter?" Davids fråga tog vid efter Elins.

"Hur vet du det här?" Gunvors fråga kompletterade de andras frågor. Nu väntade alla på svar.

"Den mördade är den unga mannen som haft en relation med Sebbe. Jag minns att jag såg rubriken i tidningen i morse men då hann jag inte läsa artikeln." Aidan blev tyst och verkade fundera på något innan han fortsatte. "Han hette förresten Alexander." Aidan tystnade igen. Det var svårt att tänka klart. Chocken hade gjort att hans tankar flög kors och tvärs och var svåra att få tag på. "Det var först nu, strax innan jag skulle gå hit, som jag såg bilden i tidningen."

"Med hur? Och varför?" Elin frågade samtidigt som hon googlade på händelsen.

"Alexander dog av ett kraftigt slag mot huvudet. Han hittades i vattnet vid Söder Mälarstrand."

"Mördad på väg från Patricia, alltså. Åh, fan. Den här världen, alltså." Elin suckade uppgivet.

"Tror du att det hänger ihop med ditt fall?" Gunvors nyfikenhet var redan starkare än förskräckelsen.

"Jag har ingen aning. Men det är så mycket märkligt med det här försvinnandet. Tidigare på kvällen såg jag en man som jag kände igen från minst ett ställe vi varit på innan. Alltså på ställen där vi letat. Marie hade redan pratat med honom och sa att han inte visste något. Men jag gick efter

100

honom och tog kontakt när hon inte såg. Det visade sig att han känner Sebbe. Han sa att Sebbe bara har en sak att göra och att Marie inte får veta något. Inte än i alla fall. Är inte det underligt? De är ju vänner."

"Han kanske håller på att ordna en överraskning? Fyller hon jämt snart?" Elin gjorde ett försök att se det från den positiva sida.

"Det är bra tänkt. Oftast finns det en naturlig förklaring. Han kanske inte alls har förstått att hans försvinnande har gjort henne orolig. Men hör ni. Innan vi fortsätter. Låt oss kalla den här mannen som Aidan pratade med på Patricia för O-mannen. O som i okänd. Vi måste ha namn på alla annars är det lätt att vi blandar ihop personer och pratar förbi varandra. Så nu har vi Alexander, som blev mördad. Mogge alias Morgan Lundin, som också blev mördad. O-mannen, som säger sig känna Sebbe som i sin tur är försvunnen. Sedan har vi Per Cedergren som är saknad och Felix Wiik som också verkar vara försvunnen."

Alla nickade instämmande innan Aidan tog ordet.

"Jag förstår inte hur det kan komma sig att den här O-mannen vet vem Marie är. Marie själv verkar inte ha en susning om att han är en av Sebbes vänner."

"Det är väl egentligen ganska naturligt att man känner till sina nära vänners vänner. Sebbe har väl berättat om Mari. Visat foton. Däremot har du, Aidan, sagt att Mari varit tydlig med att hon inte vill ha med hans uteliv att göra. Så därför har väl Sebbe inte berättat för henne om O-mannen." David var både nöjd och lite förvånad över sin egen input i samtalet.

"Det är sant." Aidan nickade instämmande, innan det förtvivlade uttrycket var tillbaka. "Jag har så svårt att tänka klart. Jag har en bild i huvudet som jag inte blir av med. När jag var på väg från Patricia tyckte jag mig se den där O-mannen igen. Han stod gömd i mörkret uppe på båten och såg efter mig. Jag vet inte vad det betyder. Eller om det ens betyder något över huvud taget. Men jag kan inte släppa tanken på det."

"Kan han ha något med Alexander att göra? I så fall vad? Och hur?" Gunvor lyfte fatet med turrón och sträckte fram den mot var och en i turordning medan hon försökte hjälpa Aidan att komma vidare i sina funderingar.

"Jag vet inte. Svårt att, utifrån det lilla vi vet, bedöma om det är en slump eller om det hänger ihop. Och hänger det ihop vet jag inte hur." Aidan riktade sin blick mot Gunvor. "Jag får skylla mig själv som har önskat mig ditt liv. Nu är jag mitt i något som jag inte förstår och jag vill bara slippa allt."

"Den är en del av jobbet." Gunvor log uppmuntrande mot Aidan. "Det går över. Drivet att vilja lösa gåtor övervinner allt. Även detta. Jag lovar. Men jag tror det är dags att vi börjar samarbeta. Allihop."

"Kan jag bara få säga en sak först?" Elin väntade inte på svar utan fortsatte direkt. "Jag undrar om det kan vara så galet att de två försvinnanden hänger ihop? Alltså Per och Sebbe. Jag förstår om ni tycker att jag är naiv. Men hör här. Båda hängde på gayställen. Båda har någon som säger att de är okej och snart kommer tillbaka. De kanske är borta tillsammans."

"Gayställen?" Gunvor förstod inte.

"Ja. Urban Deli." Elin riktade blicken mot David. "Du märkte väl ändå?"

"Jo, men jag trodde inte att det betydde något." David kände sig besvärad av frågan. Han ljög för han inte ville verka ouppmärksam. Han hade inte insett att det var fler är mannen som kladdade på honom som var gay. Möjligen bartendern då. "Det är ju en restaurang. Många, olika typer käkar där."

"Det är sant. Många verkar var där för att äta. Men det är också lite av ett raggarställe för manliga homosexuella. Det fick jag i alla fall berättat för mig igår. Jag fick nämligen en ny kontakt. Vi pratade länge. Han har sett Per på Urban Deli. Flera gånger. Men han kunde bara minnas att han sett honom äta. Inget annat. Men han lovade fundera på det och höra sig för bland de andra stammisarna."

"Bra, Elin. Vi tar med det i anteckningarna. Men för mig känns det ganska osannolikt att Per och Sebbe skulle försvunnit tillsammans. Jag tror inte heller att Pers försvinnande hänger ihop med att han varit på Urban Deli. Jag är övertygad om att hans ärende där handlade om att köpa något av den där servitören Felix. Och då menar jag inte mat. Det är vanligare med droger högre upp i näringskedjan än man tror. Jag läste någonstans att många tar mikrodoser av kokain och annat för att få energi. Frigöra kreativitet och mod. Liksom sudda ut sina egna begränsningar."

"Ja, men varken Per eller Felix lär ju erkänna det i första taget." David var lättad över att det inte blev sagt mer om Urban Deli som gayställe.

"Man kan se på de flesta när de ljuger. Men det gäller att hitta någon av dem först. Det är ett väldigt märkligt fall vi fått på halsen." Gunvor fyllde på deras små glas med mer Ron Miel och stoppade en bit av nougaten i munnen som hon åt upp innan hon fortsatte. "Jag kan ju alltid fråga Eva om Per någonsin varit på gayklubb, eller hur jag nu ska uttrycka mig."

"Vad sägs om att du träffar Marie? Du kan säkert fråga henne om saker som jag inte tänkt på. Även om fallen inte hänger ihop så liknar de varandra. I alla fall just nu." Aidan var tacksam för att Gunvor föreslagit att de skulle samarbeta.

"Absolut. Ringer du henne och frågar efter vårt möte?"

"Ja, det kan jag göra."

"Sedan bör vi leta upp O-mannen. Utan att Marie är med. Det är nog smartast om ni, David och Aidan, gör det. Och du, Elin, kan spana vidare på Urban Deli. Kolla med din kontakt där om han känner till Felix eller om han vet något om försäljning av droger."

"Det blir bra. Jag har sovmorgon imorgon så jag kan gå dit en stund ikväll."

"Jag har bilder på både Alexander, som blev mördad, och O-mannen. Jag låtsades ta selfies när Marie var på toaletten. De kanske är lite suddiga men jag tycker i alla fall att man ser dem rätt bra. Tyvärr har jag inte fått behålla fotot av Sebbe. Men jag frågar Marie när jag ändå ringer henne."

"Bra. Jag kontaktar Eva och går förbi Felix igen. Då säger vi så. Ska vi ses imorgon samma tid för avstämning?"

Alla var med på Gunvors förslag och med det slutade mötet. Elin och David gick hem, men Aidan dröjde sig kvar. Gunvor öppnade en god rioja som de delade på medan en tomatsås fick puttra på spisen. Det var självklart att Aidan behövde prata ut om de båda morden och Gunvor var tacksam för middagssällskapet.

22.

Elin hade mått illa det mesta av dagen, bakis som hon var. Men när hon tog de första klunkarna av ölen på Urban Deli började det genast släppa. Ett tag, hemma hos Gunvor, hade det känts som om hon skulle spy. Men hon hade klarat sig igenom både kaffet och nougaten. Likören hade skrämmande nog hjälp henne att må lite bättre.

Hon hade hoppats på att Thomas skulle vara här. Men än så länge lyste han med sin frånvaro. De hade haft det riktigt trevligt igår. Han hade berättat, ärligt och detaljerat, om sitt liv. I hans ögon ett tragiskt öde. I hennes ett spännande och äventyrligt. Han hade varit ung i en tid då man inte pratade om homosexualitet som annat än en sjuk och skamfylld avvikelse. Samtidigt hade det funnits en subkultur med stark sammanhållning. Ett smärtsamt och hotfullt utanförskap kombinerat med en stark tillhörighet till en liten och ganska hemlig skara. För Elin som aldrig känt någon särskild tillhörighet till någon eller något, innan Fruängsdeckarna, kändes det nästan avundsvärt. Men hon förstod så klart det jobbiga i att inte passa in. Att tvingas låtsas vara någon man egentligen inte är.

Elin drack sin öl alldeles för snabbt. Det skrämde henne att alkohol var så bra hjälp mot bakfylla. Men hon gav sig ändå hän åt möjligheten att bli riktigt bakfull imorgon med. Elin hade sjukanmält sig från skolan. Hon funderade på att göra samma sak imorgon. Det var väl ändå mer trovärdigt om man sjukanmälde sig två dagar i rad? Med den möjligheten öppen beställde hon ännu en öl och hoppades att Thomas snart skulle dyka upp. Hon borde förstås ha tagit hans nummer. För säkerhets skull kollade hon i sin mobil. Slutet på gårdagskvällen var lite suddig. Men hon kunde inte se att hon lagt in något nytt nummer bland sina kontakter.

David hade faktiskt inte så mycket emot homosexuella. Inte om de höll sig till varandra. Kärlek som kärlek. Men han var inte alls bekväm med att sitta själv i baren på Side Track. Den låg en trappa ner bredvid krogen Black and Brown. Ett ställe som var mer hemtamt. Där hade David druckit öl några gånger. Black and Brown hade ungefär samma klientel som Västertorps hjärta eller Parma i Fruängen. Det var mest män som kallade sina vänner för grabbar, knegade på fysiskt krävande jobb och lyssnade på samma musik som när de var tjugo.

Trots att Black and Brown låg så nära var det ändå ljusår ifrån stämningen på Side Track. Här var folk mer originella. Uppklädda. Snudd på utklädda. Inte kläder man har på sig på jobbet. Om man inte jobbade som bartender på Side Track vill säga. För bartendern, en man i gissningsvis 40-årsåldern, var iklädd en lång, blond peruk, lösögonfransar och en silverglittrande klänning.

Aidan hade ringt tidigare under kvällen. Försiktigt frågat om det var okej att han inte följde med ut. De hade trots allt bestämt det. Han ville inte lämna David i sticket. Men han kände sig inte i form. Vilket självklart var förståeligt. Men samtidigt både tråkigt och lite besvärande för David. Det hade känts mycket bekvämare med sällskap på ett ställe med folk som var så olik honom själv.

Det var tisdagskväll. Antagligen den minst festliga av veckans kvällar. Patricia var stängt. Men tydligen var det ungefär samma människor som hängde här. Stället hade både restaurang och bar. Trots att det var ganska trångt i baren hade David lyckats hitta en ledig plats.

Aidan hade messat över de foton som han tagit på Patricia. De var lite suddiga. Men förhoppningsvis skulle David kunna känna igen O-mannen om han såg honom ikväll.

David drack snabbt upp sin gin och tonic och beställde en till. Det var dyrt men det var det värt. När han såg sig om i lokalen igen fick han syn på en man i sin egen ålder. Det var något bekant över honom. Mannen tittade upp och deras blickar möttes för en stund. Ett försiktigt leende och en flirtig glimt vaknade till i mannens ansikte. David skyndade sig att titta bort.

24

Eftersom klockan hann bli en bra bit över tio innan Aidan väl pallrade sig hemåt bestämde sig Gunvor för att ringa Eva nästa dag istället. Det samma gällde för att kolla om Felix kommit hem. Planen hade varit att ta bilen till Reimersholme för att se om det lyste i fönstret. Men under timmarna med Aidan hade de druckit alltför mycket vin. Hon ägnade en liten stund åt att banna sig själv när hon plötsligt fick en helt strålande idé. Eller hon fick i alla fall en idé som skulle kunna var helt strålande om den funkade. Hon lyfte luren och ringde till sin systerson. Johan hade alltid varit en nattuggla så hon skulle förhoppningsvis inte väcka honom.

Gunvor hade aldrig fått några egna barn. Johan var det närmaste hon kommit. Sin egen syster hade hon bara sporadisk kontakt med nu för tiden. Men Johan, som hon faktiskt också var gudmor till, träffade hon regelbundet om än inte ofta. Deras band hade alltid varit starkt.

"Hej! Vad kul! Det var ett tag sedan. Är du hemma nu?"

Gunvor blev helt varm av att höra Johans röst.

"Hej, vännen. Ja, nu är jag hemma och igång med ett nytt fall."

"Så klart. Du är väl inte den som skulle slösa ditt liv på fritid och sån skit."

Gunvor kunde inte låta bli att skratta.

"Och jag gissar att du ringer för att du behöver hjälp. Du vet att jag gör allt jag kan för att hjälpa."

Gunvor skämdes lite av insikten att hon bara hörde av sig för att be om en tjänst. Igen. Men det var sant att hon var en arbetsmyra. Han kände henne alltför väl.

"Ja, med det är din fru jag är ute efter den här gången. Hon jobbar väl fortfarande på SL?" Gunvor hade pratat med Johans fru Helena hur många gånger som helst om hennes jobb. Trots det kunde hon inte komma ihåg exakt vad hon jobbade med. Någon typ av projektledare var hon i alla fall. Gunvor förbannade sin oförmåga att lyssna på, eller i alla fall komma ihåg, vad folk berättade för henne när hon inte tyckte det var tillräckligt intressant. Gunvor var medveten om hennes egen dåliga vana att låta tankarna glida iväg när samtalsämnet blev för tråkigt. Något som irriterade henne nu när hon behövde den informationen.

"Jo då. Hon är kvar. Vad är det du behöver från SL?"

"Jag undrar om hon kan fixa listor på de som åkt ut till Nämdö förra helgen. Eller snarare därifrån. Jag förstår att det inte går att kolla de som köpt en enstaka biljett med kontanter. Men om de använt ett personligt SL-kort? Eller betalat med kontokort? Jag skulle behöva veta när en person åkt därifrån. Eller om den ens åkt därifrån. Eller dit."

"Okej, jag förstår. Sneaky. Helena sover nu. Jag kollar med henne imorgon. Jag vet inte, men jag skulle tro att det går att kolla. Men jag tvivlar på att det är lagligt att dela med sig av den informationen."

"Nej, det tror väl inte jag heller. Men att fråga är väl inte förbjudet?"

"Om det inte kan räknas som uppvigling." Johan skrattade gott åt sitt eget skämt.

När de avslutat samtalet kostade Gunvor på sig en liten sängfösare till. Det tyckte hon sig vara väl värd efter den goda idén. Hon blåste ut stearinljusen och ställde sig vid fönstret och såg upp på den starkt lysande halvmånen. Innan hon till slut gick till sängs bestämde hon sig för att bli bättre på att lyssna från och med nu.

David kunde inte vara mer obekväm. Trots alla goda intentioner och tankar tidigare under kvällen kände han sig nu bara besvärad. Ensam och omgiven av män som ville ha andra män och kvinnor som inte skänkte honom en enda blick. Människorna runt honom, med lystna blickar, fick honom att alltför tydligt känna att han inte hörde hemma här.

"Hej."

Den silkeslena rösten tillhörde mannen han kände igen. Varma, bruna ögon såg på honom med en blick som David visste att han aldrig någonsin kunde bemöta på samma sätt. Men också en blick han aldrig kunde förneka eftersom han såg en alldeles särskild nyfikenhet och ärlighet i den. Något som gjorde att han inte kunde nonchalera den här personen. Även om han aldrig kunde ge honom det han ville ha.

"Hej."

"Du ser lite vilsen ut. Är det första gången du är här eller hör du egentligen inte hemma i det här gänget?"

"Både och. Jag är här för att jag letar efter en saknad person som jag tror brukar hänga här."

"Åh. Kan jag hjälpa till?"

David ville bli av med de trånande ögonen. Samtidigt behövde han all hjälp han kunde få så han knappade fram bilden på Per Cedergren.

"Känner du honom?"

Den unga mannen kollade noga på bilden innan han svarade.

"Jag känner igen honom. Men jag känner honom inte."

David bläddrade fram till bilden på Alexander. När han höll fram telefonen slocknade mannens leende. Men han nickade igenkännande.

"Ja, han brukade hänga här. Jag kände honom lite grann. En kul kille. Vild. Har du inte hört vad som hänt med honom?"

"Jo. Jag vet. Jag sa inte hela sanningen. Jag letar efter två försvunna personer. Men den ena har jag inte någon bild på än. Men vad jag förstått så hade den andra saknade mannen en relation med Alexander. Han är typ i mitten på 50-årsåldern. Vet du något om det?"

"Nej, det har jag missat. Jag vet bara att han brukar hänga med en kille som heter Pål. Men de är bara vänner så vitt jag vet."

"Okej. Tack. Så var det den här mannen. Han är inte försvunnen men vi tror att han känner den andra saknade mannen." David bläddrade fram fotot på O-mannen.

"Ja, honom känner jag igen. Jag tror att han är vän med den första du visade mig."

David blev väldigt överraskad och glad över att få veta att Per och O-mannen kände varandra. Nu saknades bara den sista pusselbiten.

"Kommer du ihåg om de brukade umgås med en tredje man?" David tänkte på Sebbe. Eftersom Sebbe var kompis med O-mannnen och David just fått veta att O-mannen kände Per borde ju Per och Sebbe också känna varandra.

"Åh, jag har faktiskt ingen aning." Han såg på David med en blick som David bara kunde tolka som flirtig. David blev illa till mods. Han visste inte hur han skulle hantera situationen. Han var tacksam för hjälpen men blickarna var outhärdliga. Mannen verkade uppfatta det och ändrade genast sitt minspel.

111

"Hampus." Den unge mannen sträckte fram handen.

"David." Ett ögonblick hade David övervägt att ge ett falskt namn. Mest för att klippa alla eventuella bevis för att han någonsin varit på ett ställe som detta. Men innan han öppnade munnen insåg han att det också skulle kunna sätta honom i en trasslig situation. Om han av någon anledning skulle behöva kontakta Hampus för ytterligare frågor vid senare tillfälle. Då måste han komma ihåg vad han hittat på för namn. Han var redan lite berusad så det kändes för riskabelt.

"David."

De skakade hand.

"Hur känns det här då?"

"Vad menar du...?" David drog på svaret vilken så klart blev ett extra tydligt svar i sig.

"Att vara här? Att stå här med mig?"

"Jag är väldigt tacksam för din hjälp."

"Nu var det väl inte det jag menade. Jag menar att du är ny här. Jag vet hur det känns. Lita på mig."

David kunde inte bestämma sig för om han verkligen kunde lita på honom. Samtidigt kunde han inte se något alternativ.

"Jag är ärligt talat bara här för att jobba, precis som jag sa. Kan du berätta mer om någon av männen som jag visat för dig? Vet du var de brukade hänga annars? Är de ute ofta?" David försökte se så professionell ut som han bara kunde.

"Men nu blev det tråkigt. Om du dansar med mig kommer jag kanske ihåg lite mer." Mannen log flirtigt mot honom.

112

"Men…" David fick panik av bara tanken.

"Äsch, jag driver bara med dig. Ni hetero män är så oroliga av er. Jag är inte farlig. Varken jag eller någon annan här inne kommer att överfalla dig och tvinga dig till något du inte vill. Men om du själv vill prova så är det en annan sak. Då kan du säkert träffa både en och annan som är intresserad. Så snygg som du är."

David rodnade och fick mannen att skratta till.

"Jag ska inte stressa dig mer utan svara på dina frågor. Jag har sett dem både här och på Patricia. Inga andra ställen. Men jag går i och för sig inte så ofta till andra ställen. Som jag minns det brukade de två äldre mest sitta och dricka och prata. Jag har tagit dem för ett par som varit tillsammans länge och är lite uttråkade och därför går ut. Men det är ju en slutsats jag har dragit på grund av att de hänger på gayställen. Jag har aldrig sett dem hångla eller ens ta på varandra om jag ska vara ärlig. Men jag är inte intresserad av äldre män så jag har inte direkt haft koll på dem."

Stämningen började bli hög i lokalen och folk hade börjat dansa lite överallt. David insåg att det inte var så goda chanser för ett seriöst samtal med någon annan härinne så han nöjde sig med det han fått veta. Vilket i sig var banbrytande. Att O-mannen också kände Per. Nu gällde det bara att hitta honom igen.

"Tack för all hjälp. Jag dra mig hemåt. Måste upp tidigt imorgon."

"Synd. Men tack själv. Det var spännande. Och kom tillbaka om du ångrar dig. Nu vet du var världens sötaste kille finns."

Innan David hann reagera hade den unga mannen lutat sig fram och tryckt en hastig och mjuk kyss på hans läppar. Sekunden efter vände han sig om och försvann i lokalen. David skyndade sig ut. På väg mot

113

tunnelbanan strök han med fingrarna över läpparna, omtumlad och chockad.

26.

Elin blev gladare än hon förväntat sig när hon såg Thomas kliva fram till baren. När han fick syn på henne sprack hans ansikte upp i ett leende. Han klev fram mot henne och sträckte ut ena armen för att ge henne en kram. Elins hjärta gjorde ett litet hopp av glädje. Hon kastade sig förvånansvärt obekymrat in i hans famn. Till hennes glädje fångade han henne och kramade om henne hårt.

"Lilla gumman," hörde hon honom mumla in i hennes hår.

"Åh, vad jag är glad att se dig igen." Plötsligt kunde Elin inte stoppa sina känslor. När hon kramade om Thomas fick hon plötsligt tillbaka minnen från kvällen innan då hon berättat om sitt hat till sin pappa. Thomas hade tröstande hållit sin arm runt hennes axlar när tårarna hade runnit nerför hennes kinder. Under deras första kväll tillsammans hade han varit en mer trygg fadersfigur än hennes pappa någonsin varit. Trots att de druckit väldiga mängder vin och öl i varandras sällskap.

"Jag är så glad att se dig igen också. Fina vännen." Han hade släppt taget om henne men smekte henne ömt över kinden när han sa de sista orden. "Mår du okej idag? Vi drack alldeles för mycket igår."

"Ja, jag vet. Men det var väldigt trevligt."

"Absolut. Väldigt, väldigt trevligt."

När de satt sig på varsin barstol tog Thomas Elins hand i sin.

"Hur går det med alla dina äventyr? Hittar du några ledtrådar?"

Elin log stort mot Thomas.

"Ja, kanske. Mitt uppdrag ikväll är att ställa vissa frågor till dig. Men först vill jag att du ska veta vilken skillnad du gjort i mitt liv. Att det varit så

115

betydelsefullt för mig för att förstå hur livet kan vara. Hur du har kunnat parera andras hat och förutfattade meningar är en förebild för mig. Och hjälp. Jag har inte haft så många vänner att lära mig av. Jag har mest hållit mig för mig själv. Det var först när jag hjälpte Gunvor, som jag berättade om igår, med hennes förra fall som det började hända spännande saker i mitt liv. Framför allt har jag träffat människor som jag kommit nära och kan lita på. Människor som först verkade så olik mig. Men som ändå blivit som en familj."

"Det låter väldigt trevligt med familj." Thomas såg plötsligt lite vemodig ut.

"Det är mer än trevligt. Det är det mest värdefulla man kan få när man har levt osynlig. Att plötsligt få en fast punkt i livet."

"Ja, kära hjärtanes vad vi blev personliga snabbt. Det har verkligen varit en ny erfarenhet för mig. Den värld jag befinner mig i handlar alldeles för mycket om yta." Han klappade lite på Elins hand när han släppt den och vinkade sedan till bartendern.

"Vad vill du ha?"

"Jag tar gärna en öl till."

Bartendern serverade dem nästan genast. Thomas väntade tills bartendern dragit sig till andra sidan baren innan han återigen vände sig mot Elin.

"Nu är jag väldigt nyfiken på vad du har för frågor till mig."

"Det kan vara en känslig fråga så jag hoppas att du svarar ärligt. Du ska veta att jag inte är ute efter att sätta dit någon. Jag letar, som sagt, bara efter en försvunnen person. Eller snarare två."

Thomas höjde på ögonbrynen.

116

"Det var värst. Har det blivit två nu?"

"Ja, det är märkligt. Ett tag hade jag en liten misstanke om att de försvunnit tillsammans. Men det verkar osannolikt. Enligt Gunvor försvinner 6 000–7 000 människor varje år i Sverige, så inte så konstigt om vi fick två fall samtidigt."

"Oj! Det var allt många. Kan det verkligen stämma?"

"Det är sant. Men de flesta hittas inom något dygn, tack och lov."

"Och dina frågor?"

"En av de som jobbar här är också försvunnen."

"Så nu är vi uppe i tre?" Thomas himlade dramatisk med ögonen.

"Precis. Och det finns en misstanke om att han som jobbar här, Felix, säljer droger. Så jag undrar om du känner Felix? Om du gör det, vet du i så fall om han säljer droger? Och så undrar jag om du vet om Per Cedergren eller några andra här använder droger?"

Thomas blev genast allvarlig, men såg inte det minsta förvånad ut. Snarare fick hans ansikte ett drag av trötthet.

"Jo, det är mycket droger i omlopp på hela söder. En del använder det bara då och då. När de festar. Andra är fast i missbruket. Det finns så många sorgliga själar. Och då menar jag inte bara de som helt uppenbart har trillat ner i botten. Utan också de som driver runt på stan i jakt på mer. Det finns också tragik som inte är lika synlig. Jag har ju berättat för dig om de svårigheter jag har haft för att jag är homosexuell. Trots att acceptansen och respekten för HBTQ-personer har ökat så är vi fortfarande väldigt många som är utsatta på något sätt. Utsatthet och utanförskap är en fruktansvärd kombination. Som du själv vet så ligger det nära till hands att försöka döva ångest med alkohol. Men det finns även annat man kan

117

använda i sina försök att slippa undan sina demoner. GHB till exempel. Kokain och crystal meth är också alltför vanligt. Och ja, jag har använt en hel del kokain i mina dagar. Men det var länge sedan jag slutade. Annars hade jag aldrig suttit här med dig. Det är gräsliga saker, det där. Man vill bli av med en demon men springer rakt in i armarna på en annan."

Elin tyckte att Thomas såg mer och mer sorgsen ut och greps av dåligt samvete.

"Förlåt. Det var inte meningen att göra dig ledsen."

"Det är ingen fara, vännen. Det är faktiskt skönt att prata om det. Man bär runt på så mycket som man inte vill kännas vid. Men så länge man inte lättar sitt hjärta så fortsätter man ju bara att släpa det med sig. Jag har gjort många dumheter. Men jag har klarat mig. Det sorgligaste nu är att se unga människor göra samma misstag och inte veta hur det kommer att sluta för dem."

"Jo, jag förstår." Elin nickade. "Känner du Felix?"

"Ja, det är väl den unga pojken som jobbar här ibland. Efter alla år känner jag alla till namnet här. Han är väldigt trevlig. Men huruvida han becknar måste jag låta vara osagt. Jag har ingen aning. Men jag har också högt deklarerat, mer än en gång, att jag hatar droger. Därför skulle han aldrig erbjuda mig om det nu är så att han säljer droger. Chefen här är av samma åsikt. Så om Felix är langare måste han sköta det väldigt diskret för att inte chefen ska märka." Thomas log men blev snabbt allvarlig igen. "Men visst ser jag att en del gäster här har annat innanför västen. Särskilt på helgkvällar. Inklusive den där Per. Men så är det på de flesta ställen här på Söder. Ledsen att jag inte kan hjälpa dig mer."

"Du har absolut hjälpt mig. Tack! Och skål!"

Elin var nöjd med att de nu, tack vare henne, visste att Per använde droger. Vilket tog honom ett steg närmare Felix. Om det sedan hade med deras försvinnande att göra fick visa sig senare.

Onsdag 4 november

"Men nu får det väl vara nog med vansinnet snart. Först är det otrohet och nu är det både snusk och knark. Kan du inte bara fokusera på att hitta min deprimerade man? Ska det vara så svårt?"

Evas röst skar i Gunvor öra.

"Det är alltid svårt att hitta en försvunnen. Särskilt om personen i fråga försvunnit av egen vilja. Det är verkligen inte meningen att trampa vare sig dig eller din man på tårna. Men för att ha en möjlighet att hitta honom måste vi förstå varför han försvunnit."

"Jag har ju sagt att han är deprimerad."

"Jag behöver ändå kartlägga hans vanor. För att ha en möjlighet att förstå vart han tagit vägen."

"Och det verkar inte gå så bra med tanke på dina märkliga frågor. Gör det du får betalt för. Hitta honom. Och låt mig slippa dina korkade frågor."

Ilskan hängde kvar i luften långt efter att Eva slängt på luren. Gunvor suckade och konstaterade att det här var ett svårare fall än hon räknat med. Trots att Elin och David varit effektiva och fått reda på att Per antagligen använde droger mellan varven och dessutom hade synts till på fler gay-ställen. Men vad hjälpte det när de inte kunde få ett ord om saken ur Eva. Kanske var det bäst att bara vänta ut att Per dök upp igen. Med eller utan älskarinna.

Efter mycket funderande kom hon fram till att det var dags för ytterligare ett samtal med den flotta pappan. Kanske Carl-Bertil kunde berätta mer om huruvida sonen hade hemliga vanor.

Aidan sov till långt in på förmiddagen. Trots att sömnen varit orolig kände han sig både utvilad och bättre till mods. Som bestämt åt han och Gunvor frukost tillsammans trots att det egentligen började närma sig lunchdags. Kaffe och proteindrink som vanligt.

Förutom att ringa Marie hade Aidan också lovat Drew att kolla upp när det skulle bli begravning för Morgan. Om den nu var så att Morgan hade kunnat bli Drews livs stora kärlek så ville han inte missa det. De hade bestulits på möjligheten att vara tillsammans. Därför var det viktigt för Drew att i alla fall få ta farväl. Gunvor erbjöd sig att be någon på byrån hjälpa till att få fram kontaktuppgifter till Morgans närmaste familj.

Det var med något lättat hjärta som Aidan gick upp till sig för att ringa Marie. Han var tacksam för Gunvors hjälp. Han hade inte en aning om var han ens skulle börja för att ta reda på uppgifter om begravningen.

Marie svarade genast. Som om hon suttit och väntat på samtal. Till Aidans förvåning lät hon vare sig särskilt förvånad eller engagerad när han berättade om de två morden. Hennes känslokyla blev allt mer påtaglig för varje gång han hade med henne att göra. Det skrämde honom. Att en så kylig person lyckats göra honom intresserad var ett mysterium.

Marie blev inte det minsta glad för erbjudandet att träffa Gunvor.

"Jag förstår inte hur det skulle hjälpa. Han har väl inte med de där andra att göra?" Marie lät riktigt upprörd. "Jag är tacksam för din hjälp. Men det är fortfarande mig och min vän det handlar om. Du har inget rätt att ta saken i egna händer eller prata vitt och brett om oss."

Aidan fick anstränga sig för att hålla sig lugn. Vilket inte lyckades helt. Hans röst hade en vass ton när han svarade.

"Jag har inte pratat vitt och brett. Jag har talat i förtroende med min vän som har erfarenhet av den här typen av fall. Hon är villig att hjälpa dig utan att ta betalt. Vilket hon gör i vanliga fall eftersom det är hennes jobb."

Marie var tyst en lång stund och Aidan bestämde sig för att vänta ut henne. Åter igen slogs han av tanken att Marie möjligen var mer känslomässigt engagerad i Sebbe än hon erkänt. Kanske var det så illa att han höll sig borta från henne för att han ville vara i fred. Från henne. Innan han kom längre avbröt Marie hans funderingar.

"Men hon spionerar väl typ på otrogna män? För det är väl henne du berättat om? Det här handlar inte om det."

"Hon har haft väldigt många olika typer av uppdrag." Aidan lät det vara osagt att hon var tämligen ny i branschen. "Men vill du inte ha hjälp så ska jag inte tvinga på dig det. Jag tänkte bara att eftersom vi höll på med ett liknande fall…"

Marie lät inte Aidan tala till punkt.

"Men det är ju inte ett liknande fall. Det blir bara slöseri med min tid. Och din, i fall du vill hjälpa mig."

Det slog Aidan att hon kanske hade rätt. Inte för att Marie visste. Aidan hade ännu inte hunnit berätta om Gunvors fall. Marie var bara sitt vanliga, envisa jag. Men sanningen var att de inte hade några som helst bevis på att fallen hängde ihop. Själv var Aidan fortfarande för omskakad för att ens kunna tänka klart. Han hade mest suttit i egna tankar under mötet dagen innan.

"Okej då säger vi så." Han lät bli att fråga om han i alla fall kunde få ett foto på hennes försvunna vän. Det skulle antagligen bara göra henne ännu argare.

"Aidan?"

Plötsligt hade Marie en mycket mjukade ton i rösten.

"Ja?"

"Jag är ledsen för det där med din vän. Att hans…" Marie tystnade som om hon letade efter ett passande ord. Hon fortsatte utan att ha hittat det. "…blev mördad. Jag träffade ju också honom som hastigast."

"Tack."

"Du får säga om jag kan göra något för dig."

Hennes röst var len som honung och plötsligt längtade Aidan intensivt efter att få se in i de vackra ögonen.

"Ja. Jag vet inte. Tack."

"Ses vi ikväll?"

"Okej."

Aidan la på luren med förvissningen om att han ställt till det för sig själv.

29

Redan mitt på dagen fick Gunvor mejl från Helena där hon lät meddela att det aldrig fick komma ut vad hon gjort. Det skulle kosta henne både jobb och frihet. Till Gunvors stora glädje hade hon bifogat passagerarlistor.

Tusen tack raring! Jag lovar. I owe you one!

Listorna från SL var sorterade efter datum och tid. Resor mellan Saltsjöbaden och Stavsnäs via Nämdö fredag, lördag och söndag den helg som Per sagt att han varit därute. Gunvor började med att ögna igenom listan som var markerad som söndagens turer, från Nämdö till Saltsjöbaden. På varje rad stod ett namn och en sifferkombination som såg ut som personnummer. Om det sedan betydde att det var ett kontokort eller ett vanligt access-kort med reskassa vare sig förstod hon eller brydde sig om.

Det var ett trettiotal namn men Gunvor fick nästan genast syn på Per Cedergren på listan. Då hade han varit på landet. Men när Gunvor varit ute i stugan hade han rest därifrån för länge sedan. Hon kunde inte förstå varför han åkt dit om han nu planerat att vara borta längre än över helgen. Men kanske hade han behövt tid att organisera en resa för sig och sin älskarinna. En resa som tog dem långt bort från fruns och pappans nyfikna blickar. Kanske ville han vara ifred dagarna innan han gav sig av på äventyr. Få tid att distansera sig. Av dåligt samvete eller behov av frihet.

Gunvor tog sig tid att gå igenom listans kvinnliga namn på ratsit. De flesta var över sextio år så dem släppte hon direkt. Inte för att hon trodde att en sådan som Per brydde sig om åldersskillnad. Inte så länge kvinnan var den unga, vill säga.

Två av kvinnorna på listan var under tolv så dem släppte hon också direkt. Tre av kvinnorna var mellan trettio och femtio. Men de hette Falk, Carlzon och Hjertén och det fanns även ett mansnamn med respektive efternamn på listan så Gunvor utgick från att de var gifta och reste ihop. Sedan återstod bara en sextonårig flicka. Gunvor strök disträ fingret över namnet. Vera Rosén. Hon var osmakligt ung för Per Cedergren.

Det som talade emot eventuellt samröre var att Vera Rosén hade betalat sin biljett själv. Om Per hade skaffat sig en så ung älskarinna kändes det mest naturliga att han skulle betala för henne också. Men det var inget starkt motargument eftersom Per lätt kunde ha swishat pengar till henne. Per själv hade bara köpt en biljett.

Gunvor hittade bara en matchning på Vera Rosén. I Sundsvall. Vilket också talade emot att de skulle ha med varandra att göra. Det var alldeles för otippat att en framgångsrik affärsman från Stockholm skulle ha ihop det med en sextonåring från Sundsvall. Om de inte fått kontakt via internet förstås.

Gunvor kunde inte motstå frestelsen att ringa. Det fanns två telefonnummer kopplade till Veras adress. Båda numren var skrivna på en Annika Rosén. Med största sannolikhet Veras mamma. Hon valde det ena numret och hoppades ha turen att komma direkt till Vera.

"Annika Rosén."

"Hej. Jag heter Gunvor Ström och arbetar som privatdetektiv. Jag söker egentligen din dotter."

"Vad gäller saken?" Kvinnan i andra änden lät misstänksam på rösten.

"Jag letar en person som är anmäld saknad och ser att er dotter åkte med samma båt som honom i söndags. Jag undrar egentligen bara om hon kan ha sett något. Var du med på hennes resa från Nämdö?"

125

Gunvor insåg att hon spelade med höga kort. Chansen fanns ju att mamman inte visste något om saken. En sextonåring skulle knappast berätta för sin mamma ifall hon dejtade en så pass mycket äldre man. Hon skulle väl antagligen ha låtsas sova över hos någon kompis.

"Nej, det var jag inte. Hon var och hälsade på sin pappa. Men hon brukar vara uppslukad av sin mobil, som de flesta andra i den generationen, så jag tvivlar på att hon har sett något."

"Jag förstår. Är det okej om jag ringer henne och frågar?"

"Nej. Jag kan fråga henne. Jag återkommer till dig om hon sett något som är värt att berätta."

"Okej Tack."

Gunvor gav Annika sitt nummer innan de la på. Hon förbannade sig själv för att ha frågat om hon kunde ringa dottern. Nu kunde hon inte förmå sig att bryta mot mammans önskemål. Men det kändes ändå inte som att så stor skada var skedd. Gunvor hade inga stora förhoppningar om att få ytterligare information från det hållet. Det var tydligt att Vera inte var älskarinna till en saknad, äldre herre. Hon hyste heller inga förhoppningar att en så ung, mobilberoende person skulle kunna redogöra för huruvida hon sett Per på båten och om han i så fall haft sällskap av en kvinna.

David hade sjukskrivit sig. Han gillade verkligen sin utbildning. Med ibland var det bara för långsamt tempo. Det gjorde honom rastlös. Han, som alltid trott att han hade svårt att lära sig, tyckte till sin förvåning att utbildningen var på gränsen till för lätt. Vilket gjorde det svårt för honom att hålla intresset på topp hela tiden. Just idag var han också trött efter att ha varit uppe sent kvällen innan. Ikväll var det dags igen och då skulle förhoppningsvis Aidan hänga på.

David konstaterade att hans mamma hade slarvat med matinköpen igen. Det fanns ingen frukost hemma. Hur mycket han än försökte använda sin fantasi kunde han inte få ihop en bra frukost på ett halvt paket mjölk, Bregott och grillkorv. Så det var bara att dra på sig ytterkläderna och gå ner till centrum och handla.

Inte för att hans mamma hade allt ansvar. Så mycket fattade han. Faktum var att mer och mer av hans studiemedel gick till att fylla deras kyl och frys. Han hade också börjat laga mat. Alltför trött på mackor. Han hade lärt sig själv att laga olika rätter med hjälp av recept han hittade på nätet. Även mamman, som annars mest bara drack kaffe och rökte John Silver när hon var hemma, hade börjat smaka. Trots att det enligt henne själv var tillräckligt med den mat hon fick när hon åt med de gamla på servicehemmet där hon jobbade.

Han hejade på några polare som stod utanför systembolaget. Eftersom han var hungrig bytte han bara några ord med dem innan han stegade vidare mot Hemköp. Precis när han kommit in och tagit en korg fick han syn på ett bekant ansikte. Först kunde han inte placera det. Men så greps han av panik. Det var Hampus från igår.

Tack och lov verkade han helt upptagen av att välja bröd. David skyndade att ställa ifrån sig korgen, gå ut snabbt via närmaste kassan och korsa torget på väg mot Konsum. Först när han var innanför dörrarna kunde han pusta ut. Men han förstod att problemet bara var löst för tillfället.

Det hade varit något bekant över den där killen. Men att det kunde var härifrån hans egna trakter hade inte slagit honom. Nu insåg han att det så klart varit på tunnelbanan eller här i centrum han sett Hampus innan. Inte för att han kollade in killar. Med det var självklart att han tittade extra noga när han såg någon här i Fruängen som han inte kände igen. Trots allt fanns det en stark sammanhållning här och man släppte inte in andra hur som helst.

Det kunde ju också ha varit att han och polarna garvat åt hans stil. Kanske till och med hånat honom öppet. Men då borde Hampus ha känt igen David. Nej, så illa var det nog inte.

Det hade bara varit med en hårsmån som han klarat sig ifrån att bli upptäckt. Han ryste av obehag när han tänkte på att han lika väl kunde ha mött Hampus i Fruängsgången. Eftersom de träffades igår hade han tveklöst känt igen David. Tänk om Hampus kommit förbi och hejat när han pratat med polarna. Vinkat så där fånigt. Eller kommit fram och försökt pussa honom igen.

David hade haft lite av ett helvete efter att Gunvor drivit med honom genom att sno hans telefon och kapa hans konto på facebook. Det var innan de kände varandra och Gunvor hade gjort det som hämnd för att David mobbat Elin. Han hade för länge sedan insett att det var hans eget fel. Men det hade varit lite väl jobbigt med kompisarna efteråt. Därför ville han på inga villkor riskera att bli utskrattad igen. Eller att några rykten skulle dra igång. Med Gunvors face-rape i färskt minne skulle hela Fruängen tappa respekten för honom.

31.

Elin låg kvar länge i sängen efter att hon vaknat. Hon hade bestämt sig för att skippa skolan idag också. Det var för mycket som snurrade i hennes huvud. Bra saker. Tankar hon ville få tid att njuta av.

Trots allt vidrigt som hänt hade de två senaste dagarna, eller snarare kvällarna, när hon lärt känna Thomas varit magiska. Elin hade öppnat sig för en annan människa. Snabbare än någonsin. Utan att tveka. Det var förvånansvärt eftersom hennes enda tidigare kontakt med äldre män hade bestått av hennes våldsamma pappa. En man som hon inte sett röken av sedan hennes föräldrar skiljde sig för snart tio år sedan.

Det enda hennes pappa lyckats lämna efter sig till henne var ett misstroende mot män. Inte alla förstås. Aidan var alltid snäll och hjälpsam. Men han var i första hand Gunvors vän. Han stöttade alltid Gunvor när hon behövde hjälp. David vad också schysst. En riktig vän. Han skulle göra vad som helst för henne. Men att prata djupt och förtroligt var inte riktigt hans grej.

Thomas däremot hade lyssnat på henne. I timmar. Låtit henne prata om allt det hon så länge behövt prata om. Lyssnat intresserat och ställt nyfikna frågor. Han hade också, ärligt och öppet, delat med sig av sitt liv. Om stunder av ångest och utsatthet, längtan efter att höra till och sorg över att inte passa in.

Under bara två dagar hade Thomas tagit sig längre in i hennes liv än någon annan lyckats göra. I alla fall en annan vuxen. En vuxen som hade både ålder, pondus och intresse av att representera en förälder. Hon hade tänkt det redan första kvällen. Men det var först när de skiljdes åt andra kvällen som hon sa det. Orden som krävt mer mod än något annat hon gjort i sitt liv.

129

"Jag hoppas att du inte tar illa upp. Men sedan vi träffats har jag önskat att du var min pappa."

Till Elins stora förskräckelse hade Thomas börjat gråta. Hon hann tänka att hon lyckats kränka honom och fått honom att känna sig gammal innan han lyckades formulera ett svar mellan snyftningarna.

"Jag också, lilla hjärtat. Jag också."

Till slut lyckades David lugna ner sig något. Väl medveten om att situationen krävde att han skärpte ihop sig och betedde sig som den privatdetektiv han ville vara. Dessutom skulle han inte ens vara lämplig som väktare om han sprang och gömde sig så fort det hände något obekvämt.

Han väntade innanför dörrarna till Konsum tills han såg Hampus komma ut från Hemköp. När Hampus svängde höger och långsamt började strosa längs Fruängsgången smet David ut och skyndade fram parallellt, över parkeringen, bakom ena centrumhuset. Om bara inte Hampus skulle in på någon annan affär skulle han snart dyka upp på det lilla torget i ändan av parkeringen och Fruängsgången. Där fanns fyra olika vägar som Hampus kunde ta; uppför trappar. till höger mot caféet, rakt fram genom gångtunneln, trapporna upp till vänster om tunneln eller till vänster över torget och därmed passera precis framför parkeringen. Det sista var det mest riskabla alternativet för David eftersom han befann sig där och var lätt att upptäcka. Så lagom till att han beräknat att Hampus borde vara framme vid torget hukade David bakom en bil och låtsades knyta sina Air Max som han fortfarande bar trots att det var minusgrader ute.

David kikade fram bakom bilen innan han reste sig. Ingen Hampus i sikte. Trots att han var rädd för att bli avslöjad gick han med snabba steg fram mot torget. Han stannade till precis innan husknuten och tittade försiktigt fram runt hörnet. Hampus hade nästan kommit hela vägen upp för trapporna till höger. David väntade tills Hampus hade svängt vänster efter caféet innan han satte av efter honom. När David också hade tagit sig uppför trappan kunde han se Hampus passera bilmekanikern på väg nerför Elsa Brändströms gata. David gick långsamt efter och var noga med att hålla avståndet. Han ville inte stöta ihop med Hampus igen förrän det gått så långt tid att han skulle kunna låtsas att han inte kände igen honom.

Hampus korsade vägen och svängde in på Hanna Paulis gata. När David såg honom gå in i första porten, på höger sida, nöjde han sig och vände åter mot centrum. När han handlat frukost skulle han hem och kolla vad Hampus hette i efternamn. Det var inte svårare än att matcha adressen med förnamnet. David visste inte vad han skulle ha informationen till. Men han tänkte att det var bäst att vara beredd ifall det skulle behövas. Hampus var trots allt lite av ett vittne.

33

Gunvor tog bilen upp till Fruängens centrum och parkerade utanför tunnelbanan. Hon ville inte riskera att förlora tid på att cirkla runt i Gamla stan i jakt på en parkeringsplats. Det var inte så många timmar tills det var dags för uppföljningsmöte igen. Planen med bilen var att snabbt kunna ta sig till Kungens Kurva efter besöket i Gamla stan. Trots att alla varit artiga och tacksamma över turrón och likör igår hade hon förstått att mackor nog hade passat bättre. Både Elin och David var fortfarande i en ålder där de både kunde, och behövde, äta som hästar. Själv hade hon inte tränat hårt på över en månad vilket hon justerat genom att äta mindre. Gunvor hade alltid varit slank. Men det berodde på hård träning och kontroll av vad hon satte i sig. Eftersom hon hade utslitna knän som plågade henne så var det nödvändigt för henne att hålla sig både lätt och stark Under månaden i Spanien hade hon inte orkat ta sig till ett gym. Det hade varit alldeles för varmt och hon hade haft enormt behov av både egen tid, med reflektion över det som hände i förra fallet, och tid med Kjell. Vilket gjort att hon följt hans rutiner med långa men långsamma promenader och flera simturer per dag. Nu hade hon mindre ont i knäna än hon haft på åratal vilket fick henne att fundera allvarligt på att lägga om sin träning från styrketräning till simning.

Men hon hade ännu inte kommit igång med det. Det var inte likt henne. Hon hade till och med börjat fundera på om det berodde på åldern. Hon var trots allt sextio plus. Eller kanske snarare sjuttio minus. Insikten fick henne att rysa till av obehag. Det var länge sedan hon varit vän med sin ålder. Tanken på att bli pensionär, vilket vore det mest naturliga, var skrämmande. Gunvor tyckte att det var som att ge upp.

Hon försökte skingra de mörka tankarna när hon promenerade den korta biten från Slussen till Carl-Bertils kontor. Den här gången hade hon ringt innan. Carl-Bertil Cedergren hade frågat om de inte kunde ta det över telefonen eftersom han hade ett pressat schema. Men när Gunvor hade, vänligt men bestämt, propsat på ett möte så hade han gett med sig.

Gunvor fick gå rakt in på det vackra kontoret även denna gång. Men till skillnad från sist tyckte hon sig ana en besvärad min i Carl-Bertils solbrända ansikte.

"Hej. Vad kan jag göra för dig denna gång? Jag har svårt att se att jag skulle ha mer information som kan intressera dig. Men vi får se vad du har för listiga frågor."

Gunvor kunde inte tyda om tonen var skämtsam eller nedlåtande.

"Jag har några… hur jag nu ska uttrycka mig…" hon hade övat på att låta som om hon letade efter de rätta orden. "…kryddstarka frågor."

Hon synade Carl-Bertil, som inte rörde en min, innan hon fortsatte.

"Det kommer sig av att även en annan person, som Per har haft en kontaktyta med, har försvunnit under mystiska omständigheter."

"Okej. Kör på. Jag har nog hört det mesta."

"Förra gången vi träffades pratade du ju om att Per ofta är ute."

Gunvor inväntade en bekräftelse innan hon fortsatte.

"Ja. Vi pratade väl lite tydligare än så vad jag minns. Men visst."

"Har du någonsin misstänkt att det skulle kunna röra sig om andra typer av klubbar än vanliga barer och dansställen?"

Carl-Bertil såg plötsligt road ut.

"Menar du strippklubbar? Inte vad jag känner till. Men han är ju en man."

"Nej, jag menade faktiskt något helt annat. Frågan är om han brukar gå på gayklubb?"

Leendet och den roade blicken var som bortblåst från Carl-Bertils ansikte.

"Vad fan är det du står och säger?"

Även om Gunvor inte hade trott att frågan skulle mottas med öppna armar hade hon inte väntat sig en så stark reaktion. När Carl-Bertil byskt förste henne mot dörren förbannade hon sig för att hon inte hade börjat med sin andra fråga.

"Ut, människa."

"Men vänta nu här. Jag påstår ingenting. Det är bara en enkel fråga. Jag vet många som går till sådana ställen för att det är så bra musik." Gunvor tänkte att det var okej att ljuga allt vad man kunde i situationer som denna. "Jag tror verkligen inte att Per rör sig i de kretsarna. Men jag behövde fråga för att kunna utesluta att han har samröre med någon av de andra som försvunnit. Med tanke på att en i deras närhet har blivit mördad." Gunvor bad en stilla bön för att han skulle lugna sig.

Han släppte hennes arm.

"Min son är inte en sån där. Bara så du vet."

"Jag förstår. Som sagt så trodde jag inte det heller. Om du ursäktar tror jag det helt motsatta. Att han är en riktig kvinnokarl."

Plötsligt hade Carl-Bertils humör vänt och han såg nästan nöjd ut.

"Ja, där är han sin far upp i dagen. Men vad är det du säger om mord?"

"En kollega till mig jobbar med en annan persons försvinnande och en bekant till den försvunne har hittats mördad. Polisen verkar inte veta vad

135

det rör sig om. Vi vet inte heller om det hänger ihop med våra uppdrag. Men vi såg det som så pass allvarligt att vi ville kolla."

Gunvor tog sats för att ställa sin nästa fråga. Det var stor risk att den också kunde göra Carl-Bertil rasande.

"Min andra fråga kan också upplevas som provocerande. Så jag vill bara försäkra om att det är på samma sätt som med min första. Jag tror egentligen inte att det gäller Per men jag måste fråga för att kunna utesluta det. Är det okej om jag ställer frågan?"

Carl-Bertil nickade till svar.

"Vet du om Per någonsin använt några droger?" Gunvor studerade Carl-Bertil ingående. Hon var inte säker på att han skulle svara ärligt även om han visste något.

Carl-Bertil såg ut att fundera. Tack och lov verkade frågan inte ha upprört honom lika mycket som den förra.

"Jag vet inte vad jag ska svara. Jag vet absolut ingenting. Per anförtror mig sällan i privata frågor. Men jag vet att det finns en massa festdroger där ute och jag vet att Per gillar att festa. Mer än så kan jag inte säga."

Gunvor var nöjd med svaret. Hon gissade att hon inte kunde få ett tydligare ja på frågan från Carl-Bertil. Så hon passade på att tacka för hans hjälp och ge sig av medan han fortfarande var på någorlunda gott humör.

"Hur går det med letandet egentligen? Det verkar som om du kommit lite på avvägar?"

Carl-Bertil höll handen som hon sträckt fram för avskedshälsning i ett fast grepp.

"Jag tror att han kommer att komma tillbaka när det passar honom. Om inte innan så i alla fall när hans ledighet är slut. Detta är en familjeangelägenhet och jag tror inte att jag kommer att hitta honom innan han vill bli hittad. Men under tiden letar jag. Och när man letar hittar man nästan alltid små hemligheter. Om de sedan har med Pers försvinnande att göra eller inte får vi se."

"Jag förstår. Lycka till."

Strax efter var hon ute i den kalla novemberluften och på väg tillbaka till Slussen. Så här i efterhand var hon nöjd över hur hon lyckats hantera Carl-Bertils raseri. Det verkade inte vara någon kul man att hamna i konflikt med. Antagligen ingen kul man att bli uppfostrad av heller. Men Gunvor, som själv hade behandlats strängt under sin uppväxt, visste också att en hård uppfostran kunde ta en långt här i världen. I alla fall vad gällde karriär.

34

Alla var väldigt glada för de mackor som Gunvor hade förberett eftersom ingen av dem ätit sedan frukost.

"Nice. Som på café." David sträckte sig efter en macka redan innan han satt sig till bords.

Mackorna var färdiggjorda. Två sorter. En med tunt skuren rostbiff och en med ost. Dessutom stod ett fat med frukt på bordet. Gunvor hoppades att det var tillräckligt för att alla skulle bli mätta.

Eftersom det bara var Gunvor som fått utförlig rapportering om gårdagens framsteg väntade de andra ivrigt på att få berätta vad de själva gjort och också höra hur det gått för de andra. Elin började med att informera om att Per med största sannolikhet använde droger. När Aidan tog vid och förklarade att Marie inte var intresserad av att samarbeta sänktes stämningen något. Den blev inte bättre när Gunvor beskrev de aviga reaktionerna från både Eva och Carl-Bertil. Men trots att Carl-Bertil inte intygat, så hade han i alla fall inte dementerat, att det fanns en chans att Per använde droger. Vilket stärkte Thomas vittnesmål.

Det som fick igång gruppen var nyheten som David hade med sig. Att det verkade som om Per kände O-mannen. Vilket gjorde att han också kunde ha koppling till Sebbe. Det var bland de största genombrotten hittills. Plötsligt fanns det en gemensam nämnare. De resonerade sig fram till att det inte behövde betyda att Per var gay. Det kunde handla om att de var goda vänner. Men det kunde också, vilket de tyckte verkade troligast, handla om drogaffärer. Elin berättade också vad Thomas sagt om att det var mycket droger i omlopp på gayscenen. Varför Per, som uppenbarligen hade gott om pengar, skulle vara involverad i en sådan riskabel affärsverksamhet var fortfarande en öppen fråga.

Trots att Marie varit så bestämd med att hon inte ville samarbeta bestämde de sig för att göra en kupp. För alla var rörande överens om att det var viktigt att ta reda på om Hampus kände igen Sebbe och vad han i så fall hade att berätta om honom.

Aidan och Marie hade ännu inte bestämt sig för vart de skulle gå. Under deras samtal hade de bara sagt att de skulle ses. Eftersom Aidan tröttnat lite på Maries aviga inställning hade han låtit det bero och ägnat dagen åt annat. Bland annat att försöka hinna ikapp med det jobb han faktiskt fick betalt för. Han hade också tänkt att det var dags för Marie att ta lite initiativ. Det var ju trots allt hennes vän som var försvunnen. Om hon inte ville ha Gunvors hjälp var det väl dags att hon själv tog lite ansvar för det fortsatta letandet. Medan timmarna gick gjorde han sitt bästa för att inte tänka på det. Vilket var svårt. Men han lät i alla fall bli att kontakta henne.

Framåt den sena eftermiddagen kom till slut ett sms från Marie med en förfrågan om att träffas klockan sju vid Slussen. Han hade svarat med ett "ok" och inget mer. Han tyckte inte det var mer än rätt att hon fick smaka på sin egen medicin. Frågan var bara om hon var medveten om att det var just det som hände.

David var fruktansvärt illa till mods när han gick den korta vägen hemifrån och bort mot den port där Hampus gått in. Efter några minuters googlande hade han tagit reda på att det fanns en Hampus Lindén på den adressen. Så den delen av spaningsarbetet hade varit lätt. Tanken på att ringa på hos Hampus var värre. Att David var tvungen att berätta att han förföljt Hampus för att se var han bodde kände också långt från behaglig. Hampus skulle kunna tro att David var intresserad av honom. David var helt inställd på att tydligt markera att det inte var så. Samtidigt fick han inte vara för kylig eller otrevlig. Hans uppdrag var trots allt att se till att de fick hjälp av Hampus.

Elin hade lovat att möta upp dem vid tunnelbanan och hänga med in till stan. Anledningen till att hon följde med var framför allt för att övertyga Hampus om att det var ett riktigt uppdrag och inte bara något som David själv hittade på. Men också för att David skulle slippa vara själv med Hampus. Om Hampus nu ville hjälpa dem.

Porten var låst. Men tack ock lov var brevbärarkoden densamma som i hans egen port. På väg uppför trappan drabbades David av samma känsla som han brukade få på väg till tandläkaren. När man vet att man har ett hål som ska lagas och man är rädd för att det ska göra ont. Man vet att man inte kommer undan. Det enda man kan göra är att försöka dra ut på tiden. Samtidigt som det man vill undvika kommer allt närmare. Dessa minuter innan som bara blir en utdragen plåga.

När David ringt på dörren hörde han genast steg. Det rasslade svagt precis innanför. David förstod att han blev synad i dörrögat. När Hampus väl öppnade dörren såg David på Hampus blick att han kände igen honom. Till Davids glädje såg han mer misstänksam än glad ut vilket kändes som en bra början.

"Hej. Förlåt att jag stör. Som jag sa igår så jobbar jag på ett fall med en försvunnen person. Sanningen är att vi är flera som jobbar på två olika fall med försvunna personer. Du kände ju igen dem som jag visade dig på fotona."

David gjorde en kort paus för att se om Hampus hängde med. Han nickade bekräftande.

"Skulle du kunna tänka dig att kolla på ännu ett foto, på den andra försvunna mannen, för att se om du känner igen honom?"

"Okej. Visa mig bilden."

"Schysst. Det är ett litet problem bara. Hon som har anmält honom försvunnen vägrar lämna ut fotot."

Elin småfrös där hon stod på perrongen i Fruängen och väntade. Det var minusgrader och hon hade, sin nya vana trogen, låtit stil gå före bekvämlighet. Men så fick det vara. Hon hade i och för sig kunnat vänta inne i hallen. Men där hängde Davids sunkiga, gamla polare. Inte för att de gjorde henne något nuförtiden. Inte utan Davids ledning. Men de var högljudda och irriterande.

Hon kände sig förväntansfull. Det var onsdag kväll och hon visste inte när eller hur kvällen skulle sluta. Det kunde bli allt från en drink till en helkväll. Men troligen mer än en drink i alla fall eftersom hon hade lovat Thomas att komma förbi Urban Deli senare. Han hade gett henne sitt nummer så att hon kunde messa ifall spaningen drog ut på tiden.

Faktum var att de bytt nummer för att de ville hålla kontakten. Inte bara ikväll. Thomas hade sagt att han ville bjuda hem henne någon gång. Att han gjorde en fantastisk risotto som hon bara måste smaka. En rätt som han inte lagat på tid och evighet eftersom det var så trist att laga mat bara till sig själv. Men nu hade hon klivit in i hans liv.

Plötsligt fick hon syn på David och Hampus på andra sidan parkeringen. I samma sekund insåg hon vad som skulle kunna hända om bara någon minut. Så hon skyndade sig in i hallen, genom spärrarna och ut på parkeringen.

David såg förvånad ut när hon närmade sig dem med snabba steg. Själv ansträngde hon sig att se vänlig och tillmötesgående ut när hon log mot Hampus och sträckte fram sin hand till en hälsning.

"Elin."

Hampus mötte hennes utsträckta hand i en hälsning. David, som inte riktigt förstod vad Elin höll på med, började förklara.

"Det här är Elin, min kollega."

Elin avbröt honom.

"Jag förklarar för honom. Gå före du. Vi ses på tåget. Första vagnen."

"Men…"

"Gå."

David såg förvirrad ut men lydde och började gå mot tunnelbanan. Elin vände sig mot Hampus.

"Jag är ledsen för det här. David har tillhört, och gör det väl fortfarande till viss del, Fruängens idiotgäng. Du vet de som trakasserar alla som inte är som dem. De står och hänger därinne just nu. Om de ser honom tillsammans med dig och mig så kommer han inte längre ha tillgång till det gänget. Tänk det som en film. Han är liksom undercover. Och vi skulle avslöja honom."

Elin kände att hon babblade på lite väl uppskruvat. Hon hoppades att hon inte skulle skrämma upp Hampus eller få honom att tappa lusten att hjälpa till.

"Det är verkligen inte meningen att förnedra dig. Jag bara vet vilka idioter de är. De har varit på mig och det var inte kul."

"Ah. Då förstår jag varför jag kände igen honom." Hampus log ett klurigt leende. "Så han är både tjuv och polis?" Hampus gjorde ett citationstecken med pek- och långfingrarna när han kom till "tjuv och polis." För de där grabbarna har väl en hel del skit för sig?"

"I know." Elin himlade teatraliskt med ögonen. "Men han försöker bättra sig. Han är inte så dum trots allt. Ge honom en chans."

Hampus nickade knappt synbart. Men Elin hann registrera det till sin lättnad.

"Du ska veta att vi är flera som är otroligt tacksamma för att du ställer upp. Det är inget du behöver göra. Men du gör det ändå. Tack. Ska vi gå?"

Elin fattade Hampus under armen och hoppades att hon lyckats övertyga honom. När hon tog ett steg mot tunnelbanan följde han i alla fall med. De fortsatte gå armkrok och småpratade om det kyliga vädret när de kom in i hallen. De släppte bara taget om varandra för att passera spärrarna. Väl på andra sidan högg Elin tag i hans arm igen. Ingen verkade lägga märke till dem. Men de såg att David fastnat och stod och pratade med tre andra.

"Jag måste dra."

De hörde Davids röst innan de gick ut ur hallen och promenerade till andra änden av perrongen. Det tog ändå sin stund innan han dök upp. Elin och Hampus hade hunnit hela vägen bort och slagit sig ner i första vagnen när David kom springande. Han såg sig oroligt om innan han kom och satte sig med dem.

"Förlåt." David kastade en snabb blick på Hampus och tittade sedan ut genom fönstret när tåget lämnade stationen. Han skämdes för att han inte var starkare inför Elin och Hampus. Samtidigt hade en del av honom fortfarande svårt att bryta sig loss från sitt gamla gäng. De hade varit hela hans värld under så många år. Allt som betydde något.

"Jag är van. Om än också otroligt trött på det."

38.

Ett tag hade de funderat på att låta Gunvor dyka upp på den plats där Aidan skulle träffa Marie. Låtsas som att det var en slump att de stötte på varandra. Men de bedömde att risken var alltför stor att Marie skulle se igenom deras plan. Hon var en person med stark integritet. Om hon skulle känna sig förrådd var det sannolikt att hon skulle bryta kontakten med Aidan. Vilket skulle vara dumt ur alla perspektiv eftersom de nu insett att hon antagligen, mot sin vetskap, kände till Per.

Frustrationen över att inte få vara i stormens öga ikväll gjorde Gunvor rastlös och lite nere. Delvis på grund av kontrollbehov men främst av längtan efter utmaningar. Hon var absolut tacksam för all hjälp hon fick. Hon visste att hon inte klarade sig utan sitt team och förstod att de också måste få ordentligt med plats. Samtidigt var det jobbigt att inte få vara med där det hände. Känna spänningen. Känna sig riktigt levande.

För att inte bara sitta och vänta, bestämde hon sig för att åka förbi Felix igen. Det fanns en liten möjlighet att han var hemma nu. Men framför allt skulle det skingra det värsta av hennes otålighet. I alla fall för en stund.

39

Till skillnad från tidigare var Marie både glad, pratsam och initiativtagande när de träffades. När hon föreslog att de skulle ta en öl på Oliver Twist och diskutera kvällens upplägg gick Aidan med på det trots att han hade en egen plan. Maries sätt var plötsligt både annorlunda och behagligt. Aidan undrade om han själv varit för dominant fram till nu eller om det var Marie som först nu kände sig tillräckligt bekväm för att ta plats.

Lokalen var full med folk som vanligt vid den här tiden på kvällen. Deras happy hour var över sedan länge men folk hängde sig kvar. Aidan lyckades till slut pressa sig fram till baren för att beställa en London Porter och ett glas vitt. Som inbiten ölälskare hade han fått lite för många blaskiga, stora stark på fat den senaste tiden. Så har var väldigt nöjd när han hällde upp sin porter i ett glas som var nydiskat och fortfarande lite för varmt. Innan han lyfte glaset till en skål sneglade han på klockan och såg att det var hög tid att han fick veta vad Marie hade för plan för kvällen.

"Har du tänkt dig något särskilt ikväll?"

"Nej, jag har inte tänkt mer än att det är onsdag och mycket folk ute. Känner du till några andra ställen än där vi varit? Eller ska vi gå till Patricia igen?"

Aidan rös till när Patricia kom på tal. Han hade inte kommit över sin chock över morden än. Eftersom Marie inte hade verkat vare sig intresserad eller medkännande när de pratat om det sist höll han det för sig själv.

"Jag kom att tänka på något idag. Ett ställe som Drew pratat om. Jag har inte varit där själv så jag vet inte så mycket mer än att det är ett gayställe och ligger vid Mariatorget." Aidan försökte låta så oengagerad han bara kunde. Vilket var väldigt svårt för honom. "Vi kan svänga förbi där och kolla först om du vill. Händer det inget där kan vi dra vidare till Patricia. Eller så går vi till Patricia direkt." Aidan tittade på klockan igen trots att han precis konstaterat hur mycket den var. "Fast det är nog inte så mycket folk där än. Vad tycker du?"

Marie nickade.

"Jag tycker att vi går till det där stället på Mariatorget först. Så bestämmer vi om vi ska gå vidare efter det."

Marie såg nöjd ut. Aidan hoppades att hon kände att det var hon som hade bestämt planen. Han bad henne hålla ett öga på hans öl medan han gick på toaletten.

På Oliver Twist nu men vi går till Side Track om en öl. Bra om ni är där före oss.

När meddelandet hade gått iväg spolade han i både toaletten och handfatet. Aidan tänkte att det var bäst att göra det så trovärdigt som möjligt även om Marie antagligen inte hade sin uppmärksamhet på huruvida det spolade på herrarnas eller inte.

Marie verkade inte misstänka något utan pratade på om en film hon sett kvällen innan. Det var ovanligt att se henne på ett så sprudlande humör. Aidan var glad för att hon verkade uppåt. Samtidigt kände han sig lite misstänksam. Han undrade om hon verkligen var så där uppsluppen eller om hon ansträngde sig för att verka mer glad och trevlig än hon egentligen kände sig. Till slut kröp det fram.

"Jag är ledsen för att jag brusade upp när vi pratade sist."

Hon tittade ner i golvet när hon sa det. Aidan tyckte att hon såg ut som ett barn som tvingats att be om ursäkt. Han undrade om den ansträngda inställningen handlade mer om oviljan i att be om ursäkt än om ånger. Men när hon tittade upp och såg på honom tyckte han att hennes ögon utstrålade ärlighet.

"Jag förstår att du vill hjälpa mig och jag är väldigt tacksam för det. Väldigt. Men eftersom Sebbe trots allt är en ganska hemlighetsfull person vill jag inte dra in fler i det här. Om det nu är så att han håller sig borta av en helt naturlig anledning vill jag inte framstå som efterhängsen eller hysterisk."

Aidan blev förvånad över kovändningen Marie märkte det antagligen för hon fortsatte.

"Alltså, jag är fortfarande orolig. Men jag vet ju inte allt om honom. Även om hans jobb inte vet var han är så behöver det inte betyda att det har hänt honom något dåligt. Han har gjort dumma grejer förut. Jag bara trodde att han växt ifrån dem."

"Okej. Men vill du fortfarande att vi letar efter honom?"

"Ja. Jag vill känna att jag har gjort vad jag kunnat. Men utan att lämna ut honom för mycket. Förstår du hur jag menar?" Marie väntade inte på svar. "Han rör sig trots allt i udda kretsar. Jag vill inte att fler än nödvändigt ska få veta det."

Aidan fick lägga band på sig för att inte fnysa av förakt. "Udda kretsar?" Han hade svårt att förstå vad Sebbe såg för kamratliga kvaliteter hos Marie. För på Sebbe borde inte hennes vackra ögon funka. "Jag tycker inte att det är udda kretsar. Men det är min åsikt. Och nu är det dig jag hjälper så då gör vi som du vill."

40

Elin gjorde sitt bästa för att lätta upp stämningen och lyckades till slut få de båda unga männen att tina upp en aning. Hon förstod dem båda. De var så olika att bara uppenbarelsen av den andra lätt kunde ses som provocerande. Särskilt med tanke på att de båda var unga män som kämpade med sina identiteter. David och hans kamp var hon väldigt införstådd med trots att hon bara känt honom ett par månader. Från deras första möte, då han trakasserat henne, till idag, när han gjorde allt för att ta sig ur sin gamla roll, hade han sakta men säkert förvandlats till en fantastiskt omtänksam och rolig person. Även om David fortfarande till stor del drevs av förutfattade och invanda åsikter, hade han förändrats i grunden. Det största beviset på det, för Elin, var att de två blivit så goda vänner. Och David var verkligen en vän att lita på. Därför kändes det både okej och nödvändigt att hjälpa honom att undvika obehagliga situationer som den han hade kunnat hamna i med sina gamla vänner alldeles nyss. För hon visste att en dag skulle det inte behövas. Och till dess skulle hon göra vad hon kunde för att hjälpa honom.

Hon kände inte Hampus. Men hon kunde gissa sig till vad han hade för utmaningar från sin omgivning vad gällde respekt och acceptans. Särskilt efter de senaste kvällarnas samtal med Thomas. Han var visserligen barn av en annan tid. Där allt annorlunda varit ett hot istället för en möjlighet. Frågan var hur mycket det förändrats sedan dess.

Tåget var på väg in till Zinkensdamms station när David fick Aidans meddelande.

"Aidan har lyckats med första delen av sitt uppdrag. De kommer dra till Side Track om en stund."

"Då hinner vi före. Det är bra. Har du förklarat allt för Hampus?"

"Ja."

Båda killarna svarade samtidigt. Hampus fortsatte.

"Men du, David, måste försöka vara lite mer övertygande ikväll."

David såg först oförstående ut. Men när Elin och Hampus började skratta förstod han och gjorde sitt bästa för att se rörd ut även om han kände precis motsatt.

"Stackars David." Elin klappade honom tröstande på knät. "Men var försiktig med att gå för långt in i rollen. Det gjorde jag i vårt förra fall. Det höll på att sluta illa."

"Du får väl spela hetero kompis till oss då. Så får du vara flata idag." Hampus log mot Elin.

"Helt okej för mig."

"Nej, men allvarligt. Jag känner ju många på Side Track så jag måste kunna förklara varför jag kommer släpandes på er två. En del har ju redan sett mig prata med David. Men ingen har frågat om det så jag kan hitta på vad som helst. Vad sägs om att vi träffades på en kurs i dansimprovisation på Skurups folkhögskola i somras?"

David kände att han kunde gå med på i stort sett vad som helst bara han slapp spela homosexuell.

"Det blir bra. Kom bara ihåg att jag skadade foten på dansträningen i veckan. Så jag kan tyvärr inte dansa ikväll."

Hampus och Elin skrattade åt Davids skämt. Stämningen var bra mycket bättre än när de lämnat Fruängen. När de klev av tunnelbanan på Mariatorget såg de redan ut som de tre vänner som de skulle föreställa.

151

41

Gunvor parkerade ännu en gång utanför Felix lägenhet på Reimersholme. Det var mörkt sedan länge och kvällen var kylig. Hon kände på porten trots att hon visste att den var låst. Den här gången fick hon vänta en stund. Tack och lov att hon hade klätt på sig ordentligt med sin gamla dunjacka, halsduk och mössa.

Till slut kom en ung kille ut genom porten. Gunvor sa inget. Hon bara passade på att slinka in igenom porten. Enligt hennes erfarenhet tyckte unga män oftast att det var mer besvärligt att bli tilltalade av en äldre kvinna än den eventuella oro det kunde föra med sig att släppa in en främling i trapphuset.

Inte heller den här gången fanns det några tecken på att Felix var hemma. När hon kikade in genom brevlådan såg hon att det låg en stor hög med post på golvet. Mycket mer än sist. Så det var i alla fall ingen tvekan om att Felix inte hade varit hemma på flera dagar. Gunvor undrade var han kunde hålla hus. Lite mystiskt var det allt att han inte meddelat Urban Deli ifall han planerat att resa bort. Å andra sidan var det kanske inte självklart att tänka på sådant om man var en ung människa på väg ut på äventyr. Felix hade inte heller något ansvar gentemot sina arbetsgivare. Att bli uppringd då och då när restaurangen behövde extrapersonal var inget strålande läge. Tvärtemot var det en ganska utsatt situation. Med ett sådant jobb kunde man aldrig vara säker på att få timmar nog så att det räckte till hyran. Det var ett ganska cyniskt utnyttjande av personal egentligen.

Gunvor suckade tungt. Hon blev stående en liten stund i trapphuset och funderade. Kanske kunde någon på kontoret hjälpa till att spåra släktingar till Felix. Föräldrar eller syskon. Men samtidigt kändes det långsökt. Om Per bara hade Felix nummer för att få tag på droger så var det kanske bäst att inte gräva för djupt i det spåret. Det var inte Gunvors uppdrag att spränga en drogkartell. Hon ville bara prata med Felix om Per. Eftersom han varken var hemma eller svarade på telefon var väntan det enda alternativet som återstod.

42

Aidan fick genast syn på David, Elin och deras sällskap när han och Marie klev in på Side Track. Det var mycket folk i lokalen och musik spelades på hög volym. Men tack och lov inte högre än att det gick att prata i någorlunda samtalston. Aidan lät Marie ta täten. Till hans belåtenhet hamnade de nästan bredvid Elin och David när Marie köpt dem varsin öl. Han kunde inte låta bli att fascineras över Davids och Elins professionalism. De avslöjade inte på något sätt att de kände igen Aidan. De pratade och skrattade och kastade inte ens en förstulen blick åt deras håll. Själv fick han koncentrera sig för att inte stirra på dem. Att han såg sig runt var det inget märkligt med. Det var det han förväntades göra. Spana. Men det var viktigt att han inte stirrade för mycket på dem. Men inte heller för lite. För det kunde också väcka Maries misstankar.

På Maries uppmaning tog Aidan kontakt med en man som stod ensam bredvid dem. Mannen kände inte igen Sebbe på bilden. Han förklarade både länge och väl att han bodde i Västerås och aldrig varit på Side Track innan. Aidan blev fast en lång stund i mannens långa utläggningar om hur Stockholm var en fantastisk stad för alla sorter, som han kallade det. Aidan kände ett styng av dåligt samvete när han till slut försökte trassla sig ur samtalet. Vilket mannen inte verkade uppfatta. Han pratade på utan att ge minsta paus för Aidan att komma med inpass. Det hela slutade med att Marie ryckte övertydligt i Aidans arm. Mannen registrerade gesten, höjde sitt glas i en avskedshälsning och försvann längre in i lokalen med ett:

"Kanske bäst att du ägnar dig åt din vän."

Marie himlade med ögonen och log.

"Du får se upp så att du inte blir uppraggad ikväll."

Just då passerade Elin dem på väg till baren. Hon log svagt mot Marie när deras blickar möttes för ett ögonblick.

"Det samma, får jag väl lov att säga," skojade Aidan.

Marie verkade inte höra. Hon hade vänt sig om och följt efter Elin till baren. De var inte mer än någon meter bort men Aidan kunde ändå inte uppfatta vad Marie sa till Elin. Men han såg att hon svarade. När Marie höll fram mobilen förstod Aidan att hon inte slösat bort tiden. Elin tittade noga på fotot och skakade långsamt på huvudet. Men hon sa något mer till Marie och pekade bort mot David och Hampus.

När Elin fått sin beställning följde Marie med henne bort till killarna. Aidan gick också dit och hann precis höra hur Elin förklarade Maries situation för de andra.

"Hon letar efter sin försvunna vän. Jag har berättat att jag inte bor i Stockholm men att ni gör det. Känner ni igen den här mannen?"

Båda tittade ingående på bilden. Nästan genast skakade David på huvudet. Samtidigt nickade Hampus.

"Ja, jag har sett honom flera gånger. Men det var ett tag sedan nu. Han brukar vara ute med en annan man i ungefär samma ålder. Jag har sett dem både här och på Patricia."

"Känner du mannen han brukar umgås med? Är han här?"

Hampus såg sig om i lokalen innan han svarade. "Nej, tyvärr."

Marie vände sig till Aidan med en antydan till nöjt leende.

"Vi är på rätt spår."

Plötsligt vände hon sig om till Hampus igen.

155

"Har du varit tillsammans med honom?"

Aidan blev både förvånad och generad över Maries fråga. Även om han bott i Stockholm i många år så hade han fortfarande problem med den svenska rättframheten.

"Nej." Hampus fnissade till när han svarade.

När han såg Maries undrande min fortsatte han.

"Han är ju fan gammal."

Elin, Hampus och David hade pratat på om alla möjliga oväsentligheter så länge som Marie och Aidan stått inom hörhåll. Först hängde de kvar på Side Track för att det inte skulle verka misstänksamt om de lämnade stället direkt efter deras samtal med Marie. Men under kvällen fick de allt roligare ihop och till slut hade de nästan glömt bort varför de var där. Till och med David kände sig någorlunda bekväm nu när Elin var med och Hampus inte längre flirtade med honom. Så det var först flera öl senare som de begav sig tillbaka mot Fruängen.

Elin hade gjort en ganska kort historia väldigt lång när hon berättade för Hampus om sin relation med Chibbe. Vilket tog det mesta av tågresan. Väl framme i Fruängen gick Elin och Hampus före ifall de skulle stöta ihop med någon av Davids gamla kompisar igen. Men stationen låg öde så David joggade ikapp dem just som de passerade hälsokosten.

"Det har varit en jättetrevlig kväll. Och spännande. Tänk att få vara med på spaningsarbete. Men det är en sak jag inte fattar."

"Vad är det?" David som var stolt över sin erfarenhet som spanare var ivrig att få förklara.

"Varför behövde ni mig för att kolla på fotot igen?"

"Vad menar du?"

Både David och Elin tvärstannade och stirrade på Hampus.

"Ja, alltså jag hade ju redan sagt till dig att jag kände igen honom."

Hampus stannade också upp och studerade undrande de andra två som såg ut som att tiden stannat.

"Han som du visade foto på igår. Han som är försvunnen."

44.

Aidan och Marie var på väg till Patricia när Aidan kände att telefonen
vibrerade till av ett sms. Eftersom han inte ville att Marie skulle veta att han
kommunicerade med någon annan lät han det vara för stunden. Han ville
inte göra henne misstänksam på minsta sätt. Särskilt med tanke på hur arg
hon blivit när han föreslagit att de skulle ta hjälp av Gunvor. Det var svårt
nog att han druckit öl i kombination med att låtsats att han inte kände
David och Elin. Det var alldeles för lätt att försäga sig med alkohol i
kroppen. Han bestämde sig för att beställa en Ramlösa när de väl kom in
på Patricia och kolla sms:et när någon av dem gick på toaletten.

Det tog en stund innan Aidan blev ensam. Marie hade handlat i baren
och ignorerat hans önskemål om Ramlösa. Hon tyckte att det verkade
misstänksamt att bara dricka vatten när man var ute. Typiskt
civilpolisbeteende. Hon lyssnade inte på Aidans argument om att den yngre
generationen, i långt högre grad än deras egen, var benägen att leva nyktert
och att det faktiskt var en stark rörelse nu för tiden.

Medan Marie handlade i baren hade Aidan fortfarande stått för nära
för att kunna kolla telefonen utan att avslöja sig. Men när hon kommit
tillbaka, med en öl till honom och ett glas vin till sig själv, behövde hon gå
på toaletten. När hon försvunnit utom synhåll lyckades Aidan hitta en plats
på bardisken där han kunde ställa ifrån sig glasen. När han väl läste
meddelandet kunde han först inte tro sina ögon. Han kunde inte heller för
sitt liv begripa hur han skulle berätta det för Marie. Det var helt omöjligt.
Han kunde ju inte avslöja att han kände Elin och David. Då skulle han
troligtvis aldrig se röken av Marie igen. Inte för att det egentligen skulle
göra honom något längre. Inte personligen.

Men han var inte beredd att släppa taget om fallet. Särskilt inte med
den nya vetskapen om att personerna de letade efter, Sebbe och Per, var en

och samma man. Det skulle antagligen vara avsevärt mycket lättare att förstå hur allt hängde ihop om han behöll kontakten med Marie. Så han bestämde sig för att inte berätta något. Inte än.

45

Det var en bra bit efter midnatt när Aidan knackade på hos Gunvor. David och Elin var redan där. Aidan hade fått ett meddelande om att han skulle skynda sig dit så snart han kunde. Han hade sagt till Marie att ett viktigt jobbmöte i sista stund hade blivit flyttat från eftermiddag till tidig morgon, dagen efter, och att han därför måste hem och sova. Något som hon verkade godta utan några misstankar.

Gunvor hade förberett kaffe till Aidan. Hon gissade att han behövde det efter kvällens krogbesök. De andra var inne på sin andra kopp te.

"Det här är ju helt sjukt. Kör han med två olika namn?" Aidan fick äntligen släppa ut de känslor som bubblat i honom efter avslöjandet.

"Det är inte två olika namn. Det är vi som inte fattat. Det är ett smeknamn på efternamnet. Inte förnamnet." David sken plötsligt upp. Nöjd med att han var den första som fattat det.

"Så klart." Gunvor lyste också upp. "Cedergren. Sebbe."

"Sedde hade känts mer naturligt. Men det är ju som det är med smeknamn. Bra jobbat, David." Elin klappade David på axeln.

"Ah. Så klart. Men han har i alla fall haft två olika liv." Aidan ignorerade de ungas tjafsande och funderade ett tag innan han fortsatt. "Nej, tre. Ett med frun, ett med Marie och ett i ute-svängen."

"Allt det här vi har fått höra om Sebbe är alltså Evas man. Det kommer nog inte bli lätt för henne att smälta." Elin undrade i sitt stilla sinne hur man kunde leva så nära någon utan att märka.

"Och Marie. Hon kan inte ha pratat med arbetsplatsen som hon påstod." Aidan såg fundersam ut.

"Det var nog något hon drog till med. Du har ju sagt att hon inte ville verka efterhängsen. Men inför dig ville hon väl inte verka initiativlös heller," inflikade Gunvor.

"Det kan nog stämma." Aidan nickade eftertänksamt. "Nu undrar jag bara hur jag på ett bra sätt kan avslöja att hennes vän varit gift hela tiden utan att berätta för henne? Och hur förklarar jag att jag fått reda på det?"

"Du kan ju alltid säga att jag visade en bild på Per för dig. Det är ju faktiskt väldigt slarvigt av mig att jag inte redan gjort det. Med tanke på att vi jobbar ihop." Gunvor hade förbannat sin dumhet ända sedan David ringt och berättat tidigare under kvällen. "Men jag fattar verkligen inte hur människan har klarat av att leva två så helt olika liv parallellt. Och det märkligaste är hans relation till Marie. Han är gift med en kvinna. Han lever ut sin homosexuella sida på nätterna. Vad ska han med väninnan till? Det hade väl varit en sak om hon visste allt om honom och var hans vän i vått och torrt. Men hon vet ingenting. Om någonting. Hur i hela världen har han lyckats dölja att han är gift? De har ju varit vänner sedan ungdomen."

"Han kanske är en beräknande jävel som har en tjej med sig ifall han skulle bli sedd av någon bekant. Att han vill ha ett vilseledande rykte om sig själv. Som en man med älskarinnor." David, som suttit tyst en stund gav sig in i spekulerandet.

"Bra tanke. Men det håller inte eftersom Marie inte gillar att följa med ut." Elin kliade sig eftertänksam i pannan. "

"Vad tycker ni? Ska jag berätta för Marie eller inte? I och för sig tycker jag att hon förtjänar att få veta. Men risken med att berätta är att jag kanske aldrig ser henne mer. Behöver vi henne?"

"Hm. Svårt. Jag känner ungefär samma när det kommer till Eva. Kommer jag dragande med den här storyn kommer hon att sparka bakut och försvinna. Å ena sidan är det henne jag jobbar för. Å andra sidan vill jag verkligen, verkligen veta hur detta hänger ihop och var karln håller hus. Vad tycker ni?" Gunvor såg på Elin och David.

"Jag vet fan inte." David kände sig helt snurrig av kvällens händelseutveckling.

"Jag vet inte heller. Kan vi inte sova på saken? Om vi får vila några timmar så hinner vi nyktra till och smälta den här bomben. Vi skulle behöva sätta oss ner och gå igenom alla konsekvenser innan vi gör nästa drag. Det känns som att vi är för trötta nu. Jag föreslår att jag skippar skolan imorgon så ses vi här runt klockan tio."

"Men inte ska du väl...", började Gunvor.

"Hoppa över det där överbeskyddandet. Funkar klockan tio för alla?" Elin avbröt Gunvor med en bestämdhet som hon aldrig visat innan.

När de andra nickade till svar var saken klar. Så de bröt upp för att gå hem och sova på saken.

46.

Torsdag 5 november

Prick klockan tio var alla på plats och påbörjade den gemensamma frukosten. I vanlig ordning konstaterade Gunvor belåtet för sig själv att hon älskade de här tillfällena. När de alla var samlade i hennes kök och hon fick bjuda på något gott samtidigt som de klurade på ett problem tillsammans. Diskussionen gick i samma cirklar idag igen. Det var så obegripligt att Sebbe och Per var samma person.

"Att berätta för båda kvinnorna är för riskabelt. Risken att de bryter kontakten är för stor. Så för både deras och vårt bästa, alltså för att verkligen lyckas med att hitta Per eller Sebbe eller vad han nu heter, måste vi göra allt vi kan för att hitta den där O-mannen. Han är nyckeln." David såg på Aidan som var den enda som haft kontakten med O-mannen.

"Ska vi ta och gå till Patricia ikväll? Allihop? Nu vet ju alla hur han ser ut. Tack vare dig, Aidan."

Aidan blev stolt över Gunvors beröm. Men han tyckte inte att planen var den bästa.

"Det var ganska meningslöst att gå dit igår och det är säkert samma läge ikväll. Det är framför allt klubben på söndagarna som han brukar gå till om jag förstått saken rätt. Om vi ska spana ikväll är det nog bättre att gå till Side track och Urban Deli. Men det är väl också smart om du kollar om Thomas känner igen O-mannen, Elin?"

"Ja, det är en bra idé. Gunvor, du kan väl hänga med mig till Urban Deli så går ni andra till Side Track."

"Det låter som en bra plan."

163

"Ja. Men jag tänker på det du sa, David, om att inte säga någon till Eva eller Marie. Jag håller med om att vi inte ska avslöja för mycket för Eva än. Men jag skulle ändå gärna vilja känna Marie lite mer på pulsen. Se hur hon reagerar när hon får veta att hennes nära vän är gift. För hon är en så extremt hemlighetsfull person. Jag skulle verkligen vilja se vad som döljer sig bland hennes hemligheter. Och det är ju inte precis som att jag jobbar åt henne." Aidan hade funderat på detta ett tag och såg inte längre något alternativ.

Gunvor kunde inte annat än att hålla med. "Ska man vara krass behöver vi inte henne. Marie har väl inte gett oss något att gå efter. Överhuvud taget. Snarare tvärtom."

"Okej. Då stämmer jag träff med henne och berättar sanningen."

47

Elin hade meddelat Thomas att Gunvor skulle komma med. När de kom in i värmen på Urban Deli satt han redan vid ett av borden med en kanna te och tre muggar. Han reste han sig gentlemannamässigt när han fick syn på dem, skakade hand med Gunvor och kramade om Elin.

"Jag tog mig friheten att beställa in lite te. Jag tror att både jag och Elin behöver vila levern lite. Hoppas det faller er i smaken."

"Absolut. Jag kör bil hur som helst." Gunvor satte sig och drog in doften av teet. "Det doftar ljuvligt. Tack."

"Så det är du som är den riktiga detektiven? Elin har berättat om dig och ert arbete. Jag har förstått att det betyder mycket för henne."

Gunvor nästan rodnade av de fina orden. Efter att både försatt Elin i en fruktansvärd knipa, och dessutom varit orsak till hennes alltför ymniga drickande, var det skönt att höra att Elin ändå såg på henne som en positiv del i sitt liv.

"Ja, hon betyder mycket för mig med. Både som vän och kollega. Och jag är jätteglad att hon träffat dig som också hjälpt oss med information. Jag hoppas det är okej att vi besvärar dig med fler frågor."

"Självklart. Det är bara spännande."

Gunvor konstaterade att Thomas såg nöjd ut innan hon fortsatte.

"Vi kommer att visa dig foton på några personer. Per Cedergren har du ju redan identifierat som en som du har sett här. Och vad jag förstår känner du också till Felix som jobbar här men inte synts på ett tag."

"Det stämmer."

"Har du sett den här unga mannen?"

Gunvor höll fram sin mobil som visade Alexander på Patricias dansgolv.

"Han ser väldigt bekant ut. Som om jag sett honom nyligen. Men jag kan inte minnas var."

Gunvor och Elin utbytte blickar och Gunvor nickade diskret.

"Kan det ha varit från tidningen? Han blev mördad i helgen."

Det gick några sekunder innan Thomas reagerade. Men när han väl gjorde det såg han helt förkrossad ut.

"Det är ju den stackaren som blev mördad nära mig. Jag bor på en båt vid Söder Mälarstrand. Häromdagen knackade polisen på och frågade om jag sett något." Thomas slog ut med händerna innan han fortsatte. "Men jag sov som en stock hela den natten. Det är ett ganska livat område på nätterna. Många som passerar. Pratar högt. Skrattar. Skriker. I början vaknade jag för minsta ljud. Men inte nu längre. Både vanan och bra öronproppar gör att jag inte hör ett ljud."

"Så du kände inte igen honom när du såg bilden i tidningen?" Gunvor kunde inte hejda sin nyfikenhet.

"Nej, tyvärr. Men jag går inte heller till ställen där de unga hänger. Jag är en inbiten stammis här. Mina vilda dagar är över. Jag föredrar att sitta och fundera eller småprata över en öl eller två."

"Jag förstår. Det sympatiserar jag verkligen med." Gunvor och Thomas log mot varandra i samförstånd. "Hur är det med den här mannen då? Känner du igen honom?"

Gunvor bläddrade fram bilden på O-mannen. Thomas synade det länge och nickade eftertänksamt.

"Ja, honom känner jag igen. Nu när jag ser honom kommer jag ihåg en sak." Thomas vände blicken mot Elin. "Jag sa ju till dig att den där Per brukade vara här ensam."

Elin nickade instämmande.

"Men nu när jag ser den här mannen minns jag plötsligt att jag har sett de två äta middag tillsammans. Alltså den här mannen och Per. Jag är ledsen att jag inte kom ihåg det tidigare. Men det blir väl så med saker som händer i ytterkanten av ens uppmärksamhet."

"Det är inget konstigt med det. Men det är väldigt bra att du bekräftar det nu. Vi letar nämligen efter den här mannen. Han verkar veta var Per befinner sig. Hittar vi honom så hittar vi troligtvis Per."

"Jag hjälper gärna till. Jag brukar ändå spendera de flesta kvällarna här. Ingen misstänker mig. Jag är som en del av inredningen."

Gunvor och Elin kunde inte låta bli att skratta åt Thomas kommentar.

"Och du, lilla gumman, måste ägna dig åt din framtid. Hem och sov med dig." Thomas klappade Elin på armen.

"Tack. Ja, jag ska bara dricka mitt te först. Och så tänkte jag invänta Gunvors skjuts hem."

48

När Aidan och Marie satt med varsin kopp kaffe framför sig på café Rival tvekade han trots allt. Kvällen innan hade han varit fast övertygad om att han var klar med henne. Men nu när det var nära att hon med största sannolikhet skulle försvinna ur hans liv kändes det helt annorlunda. Även om Marie var långt ifrån den trevligaste och lättsammaste personen han träffat så var han egentligen inte redo att mista henne. Inte än.

Samtidigt var det helt omöjligt att fortsätta utan att berätta för henne. Dels för att han ville se om det kunde få henne att tillföra något mer. Att hon i ljuset av den vetskapen skulle komma på detaljer som kunde ha betydelse för Pers försvinnande. Men framför allt för att Aidan inte skulle kunna hålla sanningen ifrån henne. Det skulle vara alltför cyniskt att inte berätta för henne vad han nu visste om Sebbe. Aidan var trots allt hennes enda vän i den här soppan och hon var värd att få veta sanningen.

Om det ville sig riktigt väl försvann inte Marie ur Aidans liv. I så fall kunde han kanske, i alla fall till viss del, ersätta den vänskap hon nu troligen skulle förlora. Aidan hade svårt att se att Marie skulle kunna förlåta Sebbe efter alla lögner och svek.

"Jag har en sak att berätta. Något vi just fått reda på."

"Vi?"

"Jag var hos Gunvor och hon bad mig titta ordentligt på några bilder. Eftersom jag ändå är ute på spaning undrade hon om jag kunde passa på att kolla efter hennes försvunna person också. Det har nämligen visat sig nyligen att även han hänger på gayställen."

Aidan kunde inte tyda uttrycket i Maries ansikte. Hon sa ingenting utan såg bara stint på honom. Aidan tog mot till sig och lade sin hand över hennes.

"Det konstiga är att det visade sig vara samma man. Alltså Sebbe och den andra försvunna mannen. Per Cedergren."

Mari stirrade fortfarande på Aidan. Hon satt helt stilla. Rörde inte en min. Aidan tog ett djupt andetag innan han fortsatte. Nu gällde det verkligen att väga orden på guldvåg.

"Han är gift, Marie. Han har varit gift i många, många år. Jag förstår inte hur han lyckats hålla detta hemligt för dig. Eller varför. Men det är så. Hans fru har också anmält honom saknad och det är det fallet min väninna jobbar med."

Marie vände bort blicken och stirrade ut över torget. Aidan fick en plötslig minnesbild av första gången de satt här. Bara några dagar tidigare. Samtidigt kändes det som en evighet sedan. Stunden var snart över. Marie drog sin hand till sig, reste sig och halvsprang ut ur caféet. Aidan blev inte förvånad. Bara sorgsen över att han inte lyckats förhindra det. Han ropade efter henne. Men bara en gång. Han visste att det var lönlöst och han orkade inte dra till sig fler dömande blickar än vad han redan gjort. För de andra cafégästerna såg det säkert ut som ett dramatiskt slut på en relation. Vilket det kanske också var.

49

Trots att det var torsdag, och därmed snart helg, var det ganska glest med folk på Side Track. David och Hampus bestämde sig, efter att ha stämt av med Gunvor, att avsluta tidigt. Redan strax efter tio var de på hemväg. De hade inte sett till den nyckelfigur de letade efter. Men de hade pratat om O-mannen under kvällen och Hampus hade gjort sitt bästa för att minnas mer än vad han först gjort. Vilket inte lyckades.

"Alltså jag kommer ju att gå till Side Track i helgen hur som helst. Du behöver inte hänga med om du inte trivs där. Jag kan hålla ögonen öppna och höra av mig om jag ser något. Du kan hänga hemma så länge eller på puben bredvid om du vill hålla dig nära."

David sneglade på Hampus för att se om han retades. Men han såg ut som om han menade vad han sa.

"Schysst. Vi får höra med Gunvor hur planen ser ut för i morgon kväll. Men det är inte så himla hemskt på Side Track som jag först trodde. Jag är en enkel grabb från Fruängen. Det tar tid för mig att vänja mig med nytt ibland. Men ska man vara detektiv så måste man ju tåla det mesta."

När David såg Hampus min skyndade han sig att försöka rätta till sin tabbe.

"Alltså jag menade inte så. Jag tycker det har varit helt okej att hänga här. Till och med kul. Folk är ju fan softa."

Hampus lyste upp av Davids kommentar.

"Skönt att höra." Hampus klappade David kamratligt på axeln. "Det blir nog folk av dig en dag också ska du se."

David spelade kränkt och puttade till Hampus.

"Ska du säga?"

Men samtidigt log båda stort.

När tåget rullat in på stationen i Fruängen dröjde Hampus på stegen för att ge David ett försprång. Men David stannade och väntade in Hampus.

Eftersom kvällen fortfarande var ung när Aidan kom tillbaka till Fruängen hade han ringt på hos Gunvor. De frångick sin vana att korka upp en flaska vin eller två och delade istället på en kanna grönt te. Gunvor och Aidan njöt av att få vara själva en stund, bara de två, och i sin egen takt gå igenom allt som hänt. Båda älskade när alla var samlade och det kändes som att de var en enda stor familj. Men nu när det bara var de två var det också skönt. Som en kontrast. De var ju trots allt gamla, goda vänner.

Gunvor kände inte samma press att komma till resultat när det bara var hon och Aidan. Inte för att David och Elin någonsin varit otåliga på henne. Det var väl snarare så att hon kunde släppa ansvaret hon kände inför dem och bara ägna sig åt sina spekulationer. Säga vad som helst. Och låta Aidan säga vad som helst. Hon älskade de här stunderna när de kunde blottlägga vilka dumma tankar och teorier som helst.

Trots att det var väntat kände sig Aidan lite sorgsen över hur det slutat med Marie. För att han antagligen inte skulle se henne igen. Men kanske mest för att det kändes som ett misslyckande. Han hade inte kunnat hjälpa henne. Tvärtom. Istället för att hitta hennes vän hade Aidan avslöjat Sebbes hemlighet. En smärtsam sådan. I alla fall för Marie.

Gunvor berättade om mötet med Thomas och om hur fästa han och Elin verkade vara i varandra.

"Elin är en lite vilsen och sökande själ, trots allt. Det är skönt att se att hon tagit sig ur sitt skal och gett sig ut i världen. Hon behöver hitta det hon saknar. Och i Thomas verkar hon ha funnit en med liknande behov. Det låter kanske krasst när jag lägger fram det så. Men jag tror du förstår vad jag menar."

Hon såg på Aidan som nickade till svar samtidigt som han lyfte sin tekopp till munnen.

"Det är väl så vi människor funkar. Vi letar efter kärlek, trygghet, äventyr, känslan av att höra till, att få känna oss duktiga och så vidare och så vidare. Det är härligt när man träffar någon som får en att känna något av detta. För att få känna sig hel. Om så bara för en liten stund."

"Det är så sant. Ibland kan det man letar efter egentligen vara direkt osunt. Men att Elin hittat en slags fadersfigur som behandlar henne med respekt och ömhet kan ju inte vara annat än gott för henne."

När de gjort upp att David och Hampus kunde avsluta kvällens spaning bjöd hon hem dem på en kopp te. Hon var noga med att förklara att det inte var ett möte och att de gärna fick gå hem och sova istället. Hampus tackade artigt nej. Men David ville gärna komma över. Aidan erbjöd sig att hämta honom med bil i centrum.

Han parkerade utanför Erssons fisk några minuter innan tåget skulle anlända till stationen. Kvällen var kylig. Hittills hade november varit ovanligt kall. Till skillnad från de senaste dagarnas täta, grå molnighet var kvällen nu stjärnklar. Aidan såg upp mot himlen och identifierade snabbt Karlavagnen och Orions bälte. Det fick honom att längt efter sommaren. Att sitta uppe sent, ute på balkongen, och bara vara. Låta timmarna gå i den ljumma kvällen och titta på stjärnorna.

Aidan fortsatte att studera himlen när tåget kom in på den bortre perrongen. Han fantiserade om att kunna fler stjärnkonstellationer. När han var yngre hade han försökt hitta sitt eget stjärntecken, fisken. Han kunde nästan komma ihåg hur det såg ut i boken han haft. Men han hade aldrig lyckats se den på himlen. Medan han funderade vidare sänkte han blicken och såg David och Hampus komma gående längs perrongen. De hade tydligen suttit i mitten av tåget. Aidan log för sig själv åt insikten att

173

han gjorde sådana iakttagelser. Kanske hade han detektivjobbet i blodet trots allt?

Plötsligt hajade han till. I den lilla strömmen av människor från de sista vagnarna såg han något bekant. Någon som också hade sett honom. Trots att Marie nu stirrade rakt framför sig hade deras blickar just mötts under bråkdelen av en sekund. Det var Aidan helt säker på. Trots mörkret och avståndet emellan dem.

Frågor började snurra i Aidans huvud. Vad gjorde hon här? Och vad hade hon gjort hela kvällen? Det var ju flera timmar sedan hon rusade ut från Rival. Bodde hon här i Fruängen? Eller skulle hon vidare med buss? Han såg henne försvinna in på stationen. Bråkdelen av en sekund övervägde han att springa in och ta kontakt. Men han ändrade sig genast. Han orkade inte med mer drama idag.

Hampus och David var de enda som kom ut genom utgången mot parkeringen. Så Marie var troligtvis på väg ner mot torget. När han hejat på killarna tog nyfikenheten över. Han gick fram till trappen mellan apoteket och Prisextra och spanade ner mot torget. Marie syntes inte till. Antingen hade hon gått till vänster i Fruängsgången eller till busstorget.

"Vad gör du?" David såg undrande på Aidan.

"Marie var på samma tåg som er. Såg ni henne?"

David och Hampus såg frågande på varandra.

"Nej," svarade de samtidigt.

"Bor hon här?" Hampus gick fram till Aidan och såg ner på torget som nu låg öde igen.

"Jag har faktiskt ingen aning. Trots att jag spenderat flera kvällar med den kvinnan vet jag ingenting. Hon är ett mysterium i sig."

174

"Jag tyckte jag såg henne tidigare ikväll. Att hon tittade in som hastigast på Side Track."

"Va? Varför sa du inget?" David såg nästan lite anklagande ut.

"Jag var inte säker. Det gick så fort. Hon vände redan i trappen och försvann ut igen. Jag har ju bara sett henne en gång. Jag är fortfarande inte säker på att det var hon."

"Hon var väl ute och letade efter Sebbe själv. Det kan ju vara att hon är mer förbannad än orolig nu när hon fått veta att han är gift," sa Aidan.

"Om det nu var hon." Hampus blev störd av att Aidan så snabbt drog slutsatser trots att Hampus tydligt sagt att han inte var säker på att det var Marie som han hade sett.

Aidan propsade på att skjutsa hem Hampus trots att han bara bodde ett kvarter bort. Efter det släppte han även av David som plötsligt kände sig trött och längtade hem till sängen.

"Hälsa Gunvor."

Aidan väntade tills David kommit in i porten innan han körde hemåt igen. Han visste inte varför. Men en stark olustkänsla hade börjat mala i honom.

51.

Gunvor låg fortfarande och drog sig i sängen när telefonen ringde.

Hon svarade med ett strikt "Gunvor Ström" trots att hon såg vem som ringde.

"Hej det är Manuel."

"God morgon."

"Vår klient har sagt upp avtalet." Sin vana trogen gick Manuel rakt på sak. "Mannen är hemma igen. Hon betalar hela arvodet så hon måste vara nöjd med insatsen trots att han kom hem självmant. Bra jobbat."

"Vad hade hänt? Var har han varit?" Gunvor kände sig både lättad över att Per inte var svårt skadad eller mördad och frustrerad över att inte veta vad som faktiskt pågått.

"Hon var väldigt kortfattad."

"Hon vägrade alltså svara?"

"Det var väl mer som om hon undvek frågan."

"Hm."

"På samma sätt som du undvikit att rapportera till mig den här veckan."

Manuel hade rätt. Hon hade inte rapporterat till honom sedan hon fick fallet. Så han visste ingenting om morden. Gunvor bestämde sig för att det var bäst att låta det vara så. För om hon berättade fanns risken att han skulle hålla ett extra, vakande öga på henne så hon inte gav sig in i nya farligheter.

"Hur som helst så stänger vi fallet nu. Om kunden är nöjd så är vi nöjda. Eller hur?"

Gunvor tyckte det lät som om Manuel var lite sträng på rösten. Vilket bara gjorde henne ännu mer övertygad om att hålla honom utanför sina funderingar.

"Hur är det annars då? Vill du vila några dagar? Eller är du sugen på ett nytt fall om det kommer in något? Just nu klarar vi det. Men får vi något mer de närmaste veckorna så behöver vi hjälp."

"Du vet att jag föredrar att jobba. Så hör gärna av dig om det kommer in något. Och om du hör något mer om Per är jag tacksam om du informerar mig. Det är ju alltid kul att höra hur det går med ens gamla uppdrag."

"Okej. Men jag fick intrycket av att allt var frid och fröjd."

"Men dina intryck är inte samma sak som fakta. Och du fick ju inte veta något."

Gunvor hörde själv att hon lät lite för vass på rösten. Men hon menade verkligen vad hon sa. Hon tyckte väldigt illa om att lämna saker oavslutade. I det här fallet fanns det dessutom alldeles för många frågetecken kvar.

"Jag vet att du är resultatinriktad och driven, Gunvor. Det är också det som gör att du så snabbt kommit in i vårt jobb och åstadkommit så goda resultat. Men du måste faktiskt lära dig att bara släppa saker också. Vi kan inte fortsätta att gräva i någons liv om vi inte har ett uppdrag."

"Men vi har inte hört Pers version om försvinnandet." Gunvor kände sig som en trotsig tonåring, men kunde inte stoppa sig själv.

"Per har aldrig varit vår klient. Släpp det bara."

Manuel lät lite trött på rösten. Gunvor visste att han var noga med att hålla byråns rykte intakt. Men med tanke på Gunvors ålder och arbetslivserfarenhet tyckte hon sig ändå ha rätt att göra lite som hon ville.

"Okej. Jag ska göra mitt bästa." Med det sagt hade hon i stort sett inte lovat annat är att hon skulle försöka. Vilket man ju faktiskt kan misslyckas med.

Första lektionen var nästan slut när Elin kände att telefonen vibrerade till av ett sms i fickan på hennes kofta. Hon blev genast nyfiken. Men hon väntade tills rasten med att kolla. Hennes svenskalärare var mitt uppe i ett resonemang om hur de kunde förbättra sina uppsatser. Sin vana trogen satt Elin längst fram. Vilket gjorde att det troligtvis inte skulle undgå den uppmärksamma läraren ifall hon försökte snegla på mobilen. Elin hade stor respekt för sin lärare. Men visste också att hon inte skulle tveka att ge Elin en tillsägelse inför klassen.

Ring mig så fort du kan.

Elin blev orolig att det hänt Thomas något så hon slog hans nummer direkt.

"Hej, lilla gumman."

Elin blev lugn när hon hörde den mjuka tonen i hans röst.

"Hej. Har det hänt något?"

"Ja, faktiskt. Jag borde kanske ha ringt redan igår. Men jag tänkte att du behövde sova. Och så tänkte jag att det inte kunde vara sådan brådska med det hela mitt i natten. Men det kanske var fel."

"Snälla, berätta bara." Elin kände genast ett styng av oro.

"Ja. Så klart. Förlåt. Du vet den där mannen som jag kom på att jag faktiskt hade sett tillsammans med Per. Jag träffade honom sent igår."

"Va? Du menar O-mannen? Är det sant? Sa han nåt?"

"Ja, precis. Det var så ni kallade honom. Vi pratade faktiskt en lång stund."

"Berättade han något om Per?"

"Ja, det var ju så klart det vi pratade om. Annars hade jag varit helt misslyckat som detektiv." Thomas skrattade gott åt sitt skämt innan han fortsatte. "Faktum är att jag fick mig en ganska lång och intressant historia till livs. Jag skulle vilja bjuda över hela ert gäng till mig efter skola, och vad ni nu håller på med, så kan jag berätta alla detaljer."

"Det blir toppen. Men jag måste få veta nu. Du fattar väl att jag inte kan vänta till i eftermiddag?"

"Lugn, lugn, lilla vän. Så klart att du ska få veta."

Elin kollade på den stora klockan i korridoren och såg att det var fem minuter tills nästa lektion började. Helst hade hon velat stå kvar i den tomma delen av korridoren. Men för att hinna till lektionen, två våningar högre upp, var hon tvungen att börja gå.

"Jag har snart lektion igen så ta den korta versionen nu."

"Okej. Jo, han berättade att Per just upptäckt att han har en dotter. Med en annan kvinna, alltså. Dottern kontaktade honom ganska nyligen. Jag har inte alla detaljer. Men han sa att dottern plötsligt ringt och berättat att hon rest själv till Stockholm för att träffa honom. Så han har varit tillsammans med henne hela tiden. Den här mannen jag pratade med, som ni kallar O-mannen, är bästa vän med Per. De har pratat på telefon under den här tiden. Mannen, som för övrigt heter Torbjörn, berättade att Per först hamnat i någon slags chock. Nyheten om att han är pappa har varit väldigt omtumlande. Så han bestämde sig för att ta time out från sitt vanliga liv och hinna ikapp lite av det han förlorat vad gäller dottern."

"Shit, vilken story. Det var typ det sista jag väntat mig. Men vad härligt."

180

"Ja, det är allt en liten solskenshistoria."

Elin hade tagit sig upp för trapporna till rätt våning och såg sina klasskamrater i korridoren en bit bort. Nanna, som hon brukade sitta bredvid, vinkade till henne. Elin vinkade tillbaka med ett leende. Hon och Nanna hade gått i samma klass i snart två och ett halvt år men det var först nu under hösten som de hade börjat prata med varandra. De hade till och med varit ute och fikat några gånger.

"Jag kommer till dig efter skolan. Ringer du till Gunvor? Gör det på en gång i så fall. Hon behöver få veta det här."

"Det lät som en fråga först. Men jag antar att det var en order?" Thomas skrattade igen. "Ska bli. Vi ses sen då."

"Det gör vi. Hej."

Elin kände sig både glad och lättad när hon gick bort för att prata med Nanna. Den här gången verkade deras fall ha löst sig på bästa sätt. En dotter och hennes pappa hade hittat varandra och ingen hade kommit till skada. Ett perfekt avslut på all dramatik.

Gunvor blev också glad och lättad av att höra sanningen bakom Pers försvinnande. Men till skillnad från Elin tyckte hon inte att det var dags att knyta ihop säcken riktigt än. Det fanns fortfarande alltför många frågetecken för att hon skulle kunna släppa taget. Efter samtalet med Manuel hade hon förstått att det inte var en bra idé att kontakta Eva. Inte för att det skulle göra Gunvor något om Eva blev upprörd. Men det var viktigt att hålla sig på god fot med Manuel eftersom hon ville få fler uppdrag.

När Thomas ringt och berättat att Per träffat en utomäktenskaplig dotter hade Gunvor genast kommit att tänka på sitt samtal med Annika Rosén. Mamman vars dotter Vera hälsat på sin pappa på Nämdö. Eftersom hon rest med samma båt som Per från Nämdö fanns det en ganska stor chans att det var just hans dotter. Tillräckligt stor chans för att Gunvor bestämde sig för att kolla upp saken.

Annika svarar efter första signalen.

"Hej. Det är Gunvor Ström igen. Privatdetektiv. Jag ringde dig för några dagar sedan."

"Hej. Jo, jag minns dig. Jag förstod att det var Per du letade efter. Men jag hade lovat att inte säga något. Jag visste ju också att han snart skulle höra av sig till sin fru. Jag hoppas att hon inte varit för orolig."

"Det vet jag faktiskt inte." Gunvor kände att hon kunde vara ärlig mot den här kvinnan. "Det här fallet har utvecklat sig på ett ganska överraskande sätt. Jag vet inte hur mycket hon redan visste eller misstänkte om sin man. Men det är mer än hon berättat för mig i så fall."

"Du menar att han har en dotter?" Annika lät nyfiken på rösten.

"Jag menar mer än det. Kan jag berätta om det jag vet och kanske ställa några frågor till dig om Per? Jag vill inte tränga mig på och orsaka oro nu när ni just fått kontant. Men om du inte är känslomässigt engagerad i Per längre, förutom att ni har ett gemensamt barn, så hoppas jag att du kan prata med mig en stund."

"Absolut. Jag har väl egentligen aldrig haft något starkt känsloband med Per. Så det är inte laddat för mig. Inte mer än att jag känt mig väldigt oansvarig som blev gravid. Men jag har levt med en annan man sedan Vera var liten så hon har haft en pappa. För ett tag sedan bestämde vi att det ändå var rätt att berätta sanningen för henne. Först blev hon förkrossad. Men det gick snabbt över. Istället växte sig nyfikenheten allt starkare. Lite för stark för min smak. För två veckor sedan skickade hon ett sms där hon skrev att hon var i Stockholm för att träffa sin pappa."

"Din dotter verkar vara en driftig ung dam." Gunvor kunde inte annat än imponeras av tilltaget. "Blev det ett bra möte?"

"Ja. Per skjutsade hem henne så småningom. Hela vägen från Stockholm. Per har bott på hotell här i Sundsvall sedan dess. Han och Vera har träffats varje dag. Per har till och med varit hemma hos oss på middag. Så vi har träffats allihop. Det har faktiskt varit väldigt trevligt. Och skönt. Nu slipper jag ha dåligt samvete för att ha undanhållt dem sanningen. Jag kände ju aldrig Per särskilt väl. Men nu när jag träffat honom igen så ser jag hur lika de två är."

"Hur var din relation till Per när du blev gravid?"

"Vi var faktiskt skolkamrater en gång i tiden. Jag är uppvuxen i Stockholm. Det var först när jag träffat min man som jag flyttade till Sundsvall. Jag och Per hade en flirt redan under gymnasietiden. Men det varade inte länge och sedan blev han tillsammans med Eva."

"Så du känner henne också?"

"Kände. Det är många år sedan. Vi gick ju på gymnasiet i slutet av 70-talet. Sedan träffade jag ingen av dem på många, många år. Det var när jag var ute en kväll hösten 1999 som jag träffade Per. Vera är född i juni 2000."

"Jag förstår."

"Jag var ute med några tjejkompisar och vi hamnade i sällskap med ett killgäng. En av killarna kändes bekant så jag frågade vad han hette. Det var Per Cedergren. Vi tjejer hade druckit en hel del innan. Grabbarna bjöd på mer så jag blev ganska berusad. Jag hade alltid tyckt att Per var snygg. Med åren hade han blivit ännu snyggare. Han sa samma sak om mig. Det var det enda som behövdes just då för att jag skulle låta honom följa med mig hem. Han var noga med att berätta att han var gift med Eva. Men sa i samma andetag att det inte fanns någon passion dem emellan."

Gunvor hummade lite för att bekräfta att hon lyssnade. Hon förstod inte varför Annika berättade allt det här för henne. Men antagligen hade hon inte haft någon att prata om det med på länge.

"Jag förstod det redan då. Hur han var. Eller faktiskt redan på gymnasiet. Han har alltid haft svårt för att hålla sig inom en relation. Vad är det man brukar säga? Han har smak på livet. Men först nu när jag pratat med Per själv förstår jag omfattningen av det."

"Du menar med både kvinnor och män?"

"Precis. Det är väl därför Eva passar honom. Enligt Per låter hon honom göra vad han vill."

"Märkligt förhållande." I samma andetag tänkte Gunvor på sitt eget äktenskap vilket gjorde att Pers och Evas förhållande inte verkade så märkligt trots allt.

184

"Nja. Vi som levt några år och sett en del vet att de flesta äktenskap inte är någon dans på rosor."

"Du har rätt. Men det känns ändå sorgligt."

"Jo. Men hon var en ganska speciell typ. Kylig. Svåråtkomlig. Alla tjejer hade svårt för henne. Killarna tyckte att hon var snygg men tråkig."

"Jag förstår."

Gunvor kände stark sympati för Annika. Av vad hon hört henne säga hittills verkade hon vara både en förstående och öppensinnad person.

"Men nu är jag nyfiken på om du vet något mer än vad jag vet. Även om Per berättat mycket är det nog långt ifrån allt."

Gunvor kunde riktigt höra hur nyfiken Annika var. Precis som hon själv.

"Spåren vi har följt har lett oss både till gayklubbar och till knarklangare. Så han verkar ha levt ett vilt liv."

"Gayklubbar förstår jag men droger hade jag ingen aning om. Jag har faktiskt svårt att tänka mig det. Men vad vet jag. Måste nog ta och kolla det. Det är ju viktigt att veta med tanke på Vera. Men jag lovar. Jag ska inte avslöja att det kommer från dig."

Gunvor kom just i tanke om lappen hon lämnat på köksbordet i deras hus på Nämdö och hoppades i sitt stilla sinne att ingen av dem skulle bli upprörd över den.

"Ja, jag vet ju inte säkert. Har faktiskt inga som helst bevis."

Plötsligt kände Gunvor att hon inte ville uppröra Annika. Hon hade nog med dottern och den biologiska pappan som nu skulle in i deras liv. Det var inte någon mening att oroa henne i onödan. Så Gunvor nämnde inget om morden och de andra som var försvunna. Istället ändrade hon tvärt spår.

"Även om du säger att Eva låter honom göra som han vill så har hon hela tiden sagt att han var försvunnen på grund av depression. När jag frågade om han någonsin hade varit på gayklubb blev hon näst intill galen."

"Per och jag hade ett långt samtal på tu man hand. Han ville vara ärlig och berätta om sin situation. Enligt honom själv har han levt i en lögn under många år. Han är bisexuell men hans fru vet inte om det. Inte pappan heller. Och pappan spelar en stor roll i Pers liv. Eftersom Pers pappa hatar homosexuella har Per under hela sitt liv försökt leva upp till pappans förväntningar. Men han har samtidigt inte kunnat förtrycka sig själv. Så han har i hemlighet hängt på klubbar under föresvävning att han varit ute på representation. Det har väl varit praktiskt för honom att vara gift med Eva som till synes verkar nöjd med deras liv. Men mitt i allt det här så har hans nya vetskap om att han har en dotter skakat om honom rejält och fått honom att se på situationen med nya ögon. Han verkar vara redo för familjeliv nu. Vera har just åkt med ner till Stockholm för att träffa Eva nu i helgen."

Plötsligt drabbades Gunvor av en stark känsla av oro.

"Men vet Eva om att Per har en dotter? Har han hunnit berätta? Hur reagerade hon?"

"De har inte träffats än. Per och Vera åkte ner med bil sent igår kväll. Vera fick sova själv på hotell. Men hon är ju så stor att det bara är ett kul äventyr. Tydligen riktigt flott. Jag pratade just med henne. Per och Eva är på väg ut till Nämdö och Vera ska ta nästa båt. Varför de inte tar samma båt vet jag inte. Men jag gissar att Eva behöver tid att smälta nyheten. De har väl troligtvis en hel del att prata igenom på tu man hand. Per har ju trots allt varit borta utan förklaring."

186

Gunvor tänkte att det inte var en strålande idé att riskera att en stackars 16-åring hamnade mitt emellan två skrikande vuxna på en ö långt ute i skärgården. Men det sa hon inte till Annika.

"Okej. Du får gärna höra av dig till mig igen om hur den nya familjen utvecklar sig. Man blir ju på något sätt lite mån om de personer man jobbat för. Man vill att det ska gå bra, helt enkelt."

"Absolut. Du får också gärna ringa om så bara för att prata en stund. Det skulle jag faktiskt må bra av. Även om jag alltid vetat vem som är Veras pappa så är jag också ganska omtumlad av allt som hänt. Min man är inte lika pratglad som jag. Även om han är snäll och lyssnar så vet jag att det kan bli lite mycket för honom ibland."

Med det sa de hej då. Annika med en glad röst och Gunvor med en växande känsla av oro.

54.

David blev förvånad när han hörde varför Per hållit sig borta. Han hade förväntat sig något helt annat. Det var så klart en lättnat att få veta att han var vid liv och mådde bra. Samtidigt framstod Per som en skit. En som bara tänker på sig själv. Davids egen pappa hade lämnat familjen för att det passade honom. Dragit och skaffat en ny familj med en yngre, och antagligen snyggare, fru. David visste inte hur den nya var. Han vägrade att träffa henne.

När Davids pappa lämnat honom och mamman hade David lovat sig själv en sak. Att när han väl träffade en tjej som han ville leva med skulle han aldrig svika henne. Han skulle vara henne evigt trogen. Hon skulle vara hans allt. Tanken på att krossa någon, som hans pappa krossat mamman, var så motbjudande och omänsklig. Även om David visste att han själv inte varit den trevligaste killen i Fruängen så fanns det ändå en gräns för hur ont man fick göra andra. Särskilt de som stod en nära.

Det var så klart bra att ingen kommit till skada. Rent fysiskt. Samtidigt visste David hur den här typen av svek kunde påverka en. Skada en för livet. Visst var det bra att Pers dotter nu fick chansen att lära känna sin biologiska pappa. Men var det värt det? Dottern hade ju också blivit sviken. Sexton år av sitt liv som inte gick att få igen.

Tankarna snurrade i David. Han visste att han hade syskon. Två, små bröder som han aldrig träffat. Han hade alltid tänkt att han tagit mammans parti. Och sitt eget. Men ibland kändes det sorgligt att det fanns några därute som kanske påminde om honom själv. Till utseendet eller till sättet. Två små killar som kanske funderade på hur det skulle vara att träffa David. Storebror. Två, små killar som kanske behövde honom.

Gunvor fick inte tag på Aidan förrän strax innan lunch. Han hade varit ute och sprungit och sedan gått direkt till gymmet utan att kolla mobilen. Han föredrog att vara ostörd under sina träningspass. Men innan duschen tog han ut telefonen ur skåpet och såg alla missade samtal från Gunvor. Först blev han orolig. Men när han ringde henne försäkrade hon honom om att det inte var någon fara. Hon hade bara en del att berätta.

Nyfikenheten drev honom att snabbt göra sig klar och skynda sig hem. Som de kommit överens om på telefonen stod lunchen uppdukat hemma hos Gunvor. Det var bara för Aidan att slå sig ner vid köksbordet, ta för sig av maten och lyssna när Gunvor berättade den senaste nyheten om Per.

"Den här historien blir bara märkligare och märkligare. Vi har hunnit bearbeta både otrohet, depression, drogmissbruk och homosexualitet som eventuella orsaker till försvinnandet. Och så visar det sig att Per har hållit sig borta för att han fått veta att han är pappa."

"Kreativt spaningsarbete. Det gäller att hålla alla dörrar öppna och följa de ledtrådar som dyker upp. Tack och lov blev det ett bra slut den här gången. Ett slut som uppenbarligen har sin grund i otrohet. Så vi var inne på rätt spår. Bara flera år för sent." Gunvor log nöjt.

"Jo, kanske." Aidan var helt inne i sina egna tankar. "Men jag fattar ändå inte."

"Vad tänker du på?" Gunvor kände Aidan tillräckligt väl för att veta att han hade associationsbanor som kunde föra honom långt bort från det som de faktiskt talade om.

"Marie. Hon visste att jag bodde i Fruängen. Tror jag i alla fall. Varför sa hon inget?" Aidan stirrar fortfarande tomt framför sig. "Jag menar, möjligheten att vi skulle stöta på varandra förr eller senare är trots allt väldigt stor. Jag menar, det hade inte varit omöjligt att vi hamnat på samma tåg när vi skulle träffas i stan."

"Ja du. Ibland är det omöjligt att förstå sig på folk. Men hon kanske skulle med någon buss. Det går ju massor av bussar nerifrån torget. Hon skulle till exempel kunna bo i Älvsjö. Därifrån åker man enklast med pendeltåg till stan. Men är det trassel med pendeltåget går det att åka via Fruängen."

"Jo, det är sant."

"Men har du inte frågat henne? Det brukar väl vara bland det första man pratar om. Eller är det bara jag som är för nyfiken?"

"Jag har varit både nyfiken och frågvis. Men inte fått så mycket svar. Marie är speciell. Blyg och väldigt privat. Kanske ville hon ta det långsamt."

"Du får väl försöka ringa henne igen. Om hon inte svarar kan du lämna ett meddelande om att du har nyheter om Per. Hur det än blir dem emellan framöver förtjänar hon väl ändå att få veta att han är i säkerhet?"

56

Gunvor såg fram emot att träffa Thomas och de andra igen. Även om det fortfarande var eftermiddag hade hon köpt med sig ett av Systembolagets dyrare boxar med rödvin. Hon tänkte att det kunde vara trevligt att skåla för en lyckad arbetsinsats. Fallet hade löst sig av sig själv. Men det fanns annat som var värt att uppmärksamma. Elin och David hade helt klart fått större självförtroende och växt in i sina nya roller. Aidan hade tagit mer plats än vad han någonsin gjort innan och även lyckats samla in värdefull information. Gunvor var också väldigt tacksam för de genombrott som både Hampus och Thomas bidragit till.

Gunvor hoppades att Thomas inte skulle ta illa upp av att hon köpt med sig vin. Han, liksom hon själv, tillhörde den äldre generationen som blivit strikt uppfostrad med regler för vett och etiket. Att ta med en box med vin gick inte så väl ihop med dessa. Men förhoppningsvis hade Thomas, precis som hon själv, kommit fram till att vissa av de där reglerna inte längre tjänade sitt syfte.

Innan hon gick hemifrån skrev hon ut SL-listorna med resenärer till och från Nämdö som hon fått från Helena. Manuel hade redan stängt fallet. Men Gunvor ville också göra det. På sitt sätt. Men först efter en ordentlig genomgång tillsammans med sitt lilla team. Syftet med deras möte hos Thomas var att höra alla detaljer om hans samtal med Pers vän. Då kunde det vara intressant för de andra att höra om hur man kunde, visserligen bara med de rätta kontakterna, skaffa information. Gunvor tog också med de tidningsurklipp hon hade om morden på både Morgan och Alexander.

När hon satt sig tillrätta på tunnelbanan tog Gunvor upp sin iPhone. Hon kunde lika gärna utnyttja tiden till att läsa nyheter. Det första hon såg när hon öppnade Aftonbladets hemsida fick henne att frysa till is. Mannen på bilder under den dramatiska rubriken hette Felix Wiik.

Man hittat mördad i segelbåt.

Elin var redan hos Thomas när hon fick Gunvors mess om att kolla nyheterna. Så de satte sig tillrätta framför datorn med varsin kopp nybryggt te. Elin visste egentligen inte vad hon kunde förvänta sig. De var alltid lika svårt att bedöma tonläget i ett sms. Det kunde vara allt från bestörtning och panik till glädje och iver. När Elin väl förstod vilka nyheter som Gunvor ville att de skulle se, fick hon en smärre chock. Hon hade hoppats på något mer åt glädje och iver-hållet.

"Men vad i hela…" Elin avslutade inte meningen. Istället stirrade hon på texten på skärmen som målade upp en fruktansvärd bild av en segelbåt som legat för ankar utanför ett villaområde i Saltsjöbaden i två veckor. När folk till slut börjat undra varför ingen sågs till på båten hade ordförande i båtklubben rott ut för att se hur det stod till. Den stackaren hade klivit rakt in i ett blodbad. En Felix Wiik låg mördad i kabyssen. Troligtvis nedsläpad från sittbrunnen.

Plötsligt krängde båten till och Thomas gick ut för att se vem det var. Även om de var en trappa upp hörde Elin att Thomas berättade om nyheten för Aidan. När de båda männen kom ner till Elin plockade Aidan upp sin egen laptop från axelremsväskan. Snart satt alla tre och läste de nyheter som fanns att hitta om det bestialiska mordet.

David och Hampus hade stämt träff på Slussen för att ha sällskap den sista biten. När Hampus klev av på Slussen såg han att Gunvor suttit på samma tåg. Medan de väntade på David berättade Gunvor den hemska nyheten för Hampus. David var redan informerad. När David dök upp promenerade de tillsammans den korta biten till Thomas kajplats.

Trots att Gunvor inte visste något om båtar kunde hon se att Thomas båt nog kostat en hel del. Hon utgick från att det var en motorbåt eftersom hon inte såg vare sig segel eller mast. Det var ungefär på den kunskapsnivån hon befann sig när det kom till båtar. Men hon förstod i alla fall att de klev på i båtens akter. Det var bara ett litet trappsteg ner till avsatsen. Men hon accepterade Davids hjälpande hand med tanke på hennes instabila knän.

Några trappsteg upp fanns ett fast bord och soffa. Men några mjuka kuddar var det säkert en helt ljuvlig plats att sitta på under sommaren. Nu såg det mest kallt och hårt ut. Glasdörrar ledde in till en flott styrhytt. Därifrån hade man troligtvis en fantastisk utsikt ute till havs. Gunvor gissade att det gick att ta bort både glasdörrarna och taket under varma dagar. Thomas, som känt på båtens gungning att de klivit ombord, kom upp och öppnade åt dem. Alla fick en kram och blev välkomnade en trappa ner.

Ingen av dem hade varit i en så fin båt innan. Till höger fanns ett litet, men modernt, kök och till vänster en hörnsoffa runt ett golvfast bord. Längs köksbänken stod en rad spritflaskor. Gunvor kände knappt igen hälften. Antingen reste Thomas mycket eller så la han bara mer pengar på sprit än vad Gunvor någonsin gjort. Några välmående kryddväxter gjorde flaskorna sällskap. Basilika, rosmarin och timjan spred en behaglig doft i salongen.

Soffan var nog egentligen ganska tråkig i ljust beige ton på något som såg ut som galon. Men Thomas hade piffat upp det hela med intensivt gröna kuddar. Elin och Aidan satt redan bekvämt tillrätta. De tittade knappt upp när de andra kom ner utan stirrade intensivt på Aidans laptop.

"Hallå på er."

Först då såg Elin och Aidan upp.

"Det är helt förskräckligt det som hänt. Som ni nog listat ut så är det här den Felix som jobbade på Urban Deli. Och antagligen samma person vars telefonnummer jag hittade på en lapp i Pers och Evas sommarstuga."

"Vad är det för hemsk värld vi lever i? Varför gör folk så här med varandra. Jävla skit." Elin lät mer arg än ledsen.

Thomas hjälpte artigt Gunvor av med rocken. När han fått Hampus och Davids jackor försvann han in i rummet bredvid. Gunvor såg en säng där inne och blev nyfiken. Men hejdade sig. Det var nog mer passande att låta båtvisningen vänta till en annan gång. När Thomas kom ut igen hade han två hopfällbara stolar med sig. David och Hampus trängde sig ner i soffan och Gunvor satte sig på en av stolarna. Thomas såg till att alla fick te och ställde fram ett fat med stora kanelbullar.

"Fram till nu har jag tyckt att ert jobb är spännande. Men det här var lite väl. Tror ni att det är samma mördare?" Hampus lät skärrad.

"Omöjligt att säga. Vi vet ju egentligen ingenting om morden. Vi har inte haft någon anledning att rota i dem. Eller något att gå på för den delen. Mitt, eller vårt, uppdrag var att hitta Per. Nu är han åter. Utan vår hjälp." Gunvor kliade sig eftertänksamt i pannan innan hon fortsatte." Tre mord. Först Felix i en båt. Morgan dödades på morgonen i sin egen lägenhet. Alexander mördades på väg hem från Patricia. Det är svårt att se att de skulle ha med varandra att göra."

195

"Det finns en gemensam nämnare. Morgan och Alexander hade haft sex med Per," flikade Aidan in. "Kanske Felix också. Per hade i alla fall hans nummer."

"Det finns en gemensam sak till." Elin bröt in i samtalet. "Eller sak och sak. Det är faktiskt du, Aidan. Du hade nyligen träffat både Morgan och Alexander innan de blev mördade."

Aidan såg nästan chockad ut även om han själv tänkt tanken många gånger. Men mer ur ett perspektiv som handlade om att råka vara på fel plats vid fel tidpunkt.

"Men jag har aldrig träffat den där Felix."

"Nej, han verkar ha mördats innan vi började jobba med det här fallet." Gunvor drog tankfullt fingrarna över läpparna innan hon fortsatte. "Vet du om Felix var gay, Thomas?""

"Ingen aning faktiskt. Känner du igen honom?" Thomas såg på Hampus. "För du hänger väl på samma typer av ställen som jag?" Thomas log i samförstånd mot Hampus.

"Jag känner igen honom. Men jag kan inte sätta fingret på var jag sett honom. David berättade att han jobbar på Urban Deli och där har jag i alla fall inte varit."

"Ta lite te, hörni. Och en bulle." Thomas bröt in i samtalet.

"Tack. Jag tycker vi gör som Thomas säger. Bullarna ser fantastiskt goda ut. Jag föreslår att vi tar några minuters paus från våra spekulationer. Sen börjar vi om och går systematiskt igenom alla händelser. Jag vet att vi alla tar morden på allvar och vill veta om det har med Per att göra på något sätt. Låt oss ta reda på det."

59

När de hade druckit te och ätit kanelbullar var de redo att börja om. Den tidigare skärrade stämningen hade övergått i en gemytlighet när de släppt tankarna på morden. Till Gunvors glädje passade Thomas på att visa runt på båten under deras fikapaus. Alla provade att sträcka ut sig i Thomas sexkantiga säng i fören. Att den var bäddad med röda sidenlakan förvånade ingen av dem. Så fort de klivit på båten hade de förstått att Thomas var en estet med en ganska så egen smak. Längst bak i båten fanns ett rum med två gästsängar och garderober.

"Här är ni välkomna att sova över. Vi kanske ska ta oss en tur till havs framåt vårkanten?"

"Ja."

Alla gillade idén, särskilt Elin. Hon var mer än glad över att vara hemma hos Thomas. De band som de knutit med varandra blev hela tiden starkare.

"Ska vi köra då?"

Gunvors röst var lite otålig.

"Jag föreslår att vi börjar från början och försöker gå i Per fotspår. Det började med att han åkte ut till landet. Nämdö. När han var där kom dottern på besök. Jag fick en lång lista på passagerare på båtarna till och från Nämdö under den helgen av en kär släkting som jobbar på SL."

Gunvor tog upp bunten med papper ur sin väska och viftade demonstrativt.

"Jag har bara kollat de som åkte därifrån med samma båt som Per på söndagen. Det var i samma lista som jag lyckades identifiera hans dotter Vera. Även om det tog ett tag innan jag förstod att det var hans dotter."

Gunvor gjorde en lite missbelåten grimas innan hon fortsatte.

"Men jag har inte kollat när de åkte dit. Så vitt jag förstår var Per redan på Nämdö när dottern hörde av sig. Det kanske inte har någon betydelse. Men om vi nu ska gå till botten med detta så är det bra att säkra all info vi har fått. Som till exempel om Per åkte ut på fredagen som han sagt eller först på lördagen. Kan ni, Elin och David, kolla det?"

Gunvor väntade inte på svar utan räckte över bunten med papper. Sedan vände hon sig mot Thomas och Hampus.

"Kan ni göra någon slags tidslinje över när ni såg Per, Alexander och Felix senast. Jag förstår att det kan vara svårt att minnas. Men det är värt ett försök om det kan visa oss någon typ av mönster. Och du Thomas ska så småningom också få berätta om ditt samtal med O-mannen. Om det inte är något som du behöver berätta nu på stört?"

Thomas skakade på huvudet.

"Nej, inte nu när ni alla fått veta att Per har en dotter. Resten av samtalet gick mest ut på hur omskakande detta varit för Per. Jag koncentrerar mig gärna på att göra en tidslinje. Eller vad säger du, Hampus?"

Hampus nickade ivrigt. Hampus och Elin bytte plats så att hon och David hamnade bredvid varandra i soffan. Thomas flyttade sin stol närmare Hampus.

"Vad ska vi göra?" Aidan var också ivrig att få sätta tänderna i en uppgift.

"Kolla lite snabbt om det har skrivits något om morden på Flashback som vi kan ha nytta av. Sedan tänkte jag att vi gör en tidslinje över alla händelser vi känner till."

De bestämde sig för att titta tillsammans på Aidans dator. Trådarna på flashback var som väntat fulla med nedsättande åsikter och kommentarer om de mördades sexuella läggning. De skummade igenom ett otal sidor utan att hitta någon ny information om morden.

Thomas och Hampus pratade med låga röster om olika ställen och olika datum och antecknade längs en tidslinje, som Thomas ritat tvärs över vad som såg ut som ett exklusivt brevpapper, när Elin höjde rösten.

"Eva Cedergren åkte ut till Nämdö."

"Vad är det du säger?" Gunvor stirrade på Elin som om hon verkligen inte förstått vad hon sagt.

"Eva åkte till Nämdö på lördagen. Sena avgången. Eller Eva-Marie Cedergren, för att vara exakt."

Plötsligt stirrade alla på Aidan. Det tog honom några sekunder att förstå innebörden av det Elin just sagt. Men när han väl förstått tog han upp sin mobil och letade fram ett foto som han tagit av Marie i smyg. Han höll upp skärmen mot Gunvor. Hennes haka rörde sig långsamt neråt tills hon gapade stort. Långsamt, som i slow motion, lyfte hon samtidigt sin hand och täckte sin gapande mun.

"Men vad faaan." David bröt den gastkramande tystnaden.

"Så hon var inte kompis med Sebbe. Hon var gift med honom." Aidan såg helt förvirrad ut. "Varför ljög hon om det?"

Frågan blev hängande i luften en stund innan Gunvor lyckats samla sig.

"Kanske misstänkte hon att hennes man gillade andra män och hade svårt att acceptera det. Som så många andra. Pers pappa höll på att kasta ut mig med huvudet före när jag frågade om han kände till om Per någonsin varit på gayklubb. Det är inte kul att ha en partner som är otrogen. För Eva-Marie var det kanske mycket, mycket värre att det var med en annan man."

"Men jag fattar ändå ingenting. Varför låtsades hon vara Pers kompis? För att utnyttja mig att leta efter honom? För att hon inte ville erkänna för er på byrån att han var gay?"

"Ja, antagligen något i den stilen. Och så var du kanske snällare och mer hjälpsam än vad hon räknat med. Hon var ensam ute och letade efter någon som svikit henne. Men som hon uppenbarligen oroade sig för i alla fall. Mitt i det tröstlösa arbetet stötte hon på dig. En varm, vänlig och hjälpsam person som gav henne uppmärksamhet, sällskap och goda råd. Hon kunde väl bara inte motstå det. Och plötsligt var ni båda intrasslade i hennes lögn."

Aidan såg plötsligt mycket lugnare ut.

"Det kan nog stämma. Jag har hela tiden tyckt att hon varit så hemlighetsfull. Men det är inte så konstigt med tanke på att hon utgav sig för att vara en annan än den hon är."

"Som att hon inte berättat att hon bor i Fruängen" Hampus fyllde i Aidans resonemang.

"Men hon bor inte i Fruängen. Eller i Älvsjö. De bor i en villa i Bromma." Gunvor var säker på sin sak.

"Men vad gjorde hon i Fruängen då?"

Frågan hängde i luften en lång stund innan David satte ord på det alla tänkte.

"Följde efter oss?"

60

Alla goda intentioner om att göra tidslinjer och händelsekartor släpptes helt efter att de insett att Marie och Eva var samma person. Det rådde totalt kaos i Thomas båt. Alla pratade i munnen på varandra och diskussionerna gick kors och tvärs utan någon som helst röd tråd. Gunvor kände sig precis lika förvirrad och frustrerad som alla andra och var del i samtalet en lång stund innan hon insåg att det låg på henne att strukturera det hela.

"Stopp allihop. Hör upp. Jag föreslår att vi pratar en i taget. För just nu är det fruktansvärt viktigt att vi samarbetar. Det enda jag kan tänka på är att en mördare fortfarande går lös. Vad tänker ni? Aidan?"

"Jag vet inte. Jag tänker på Eva-Marie. Det är helt klart något mystiskt med henne. Hon lurade mig totalt. Just nu känner jag mig bara förvirrad. Jag vet helt enkelt inte."

"Elin?"

"Eva-Marie åkte ut till Nämdö när Per var där. Men de verkar inte ha träffat på varandra. Varför? Det är något skumt med det där. Eva-Marie har också låtsats vara någon annan när hon letade efter Per. Inte precis olagligt. Men väldigt underligt." Elin såg uppgiven ut. "Vi kanske ska ringa Per."

"Thomas?" Gunvor var ivrig att inte tappa tempo.

"När ni träffade Eva-Marie var hon olycklig och desperat. Hon visste att hennes man var otrogen. Med andra män. Trots det gav hon sig ut att leta efter honom. Hon ville antagligen inget hellre än att få hem honom igen."

"Hon hatade klubbarna vi gick på och människorna där," replikerade Aidan.

"Och ändå fortsatte hon. Jag skulle gissa att det var för att hon älskar honom."

"Hon förföljde ju oss," inflikade Hampus.

"Kanske trodde hon att ni visste mer än ni berättat för henne. Hon var desperat. Man handlar inte logiskt då."

Thomas inspel fick de andra att fundera. Det lät sannolikt. Men alla bitar hade ännu inte fallit på plats.

"Men vad gjorde hon på Nämdö den helgen?"

"Kanske hade de bestämt att vara där ute tillsammans men hamnat i bråk. Kanske ställde Eva-Marie Per mot väggen. Sa saker som fick Per att ge sig av. Saker hon inte ville att någon annan skulle veta. Allt det vi vet om Per nu." Tankarna föll långsamt på plats för Gunvor.

"Men morden? Hur hänger de ihop?" David såg fundersam ut.

"Det har jag ingen aning om. Det kan vara hatbrott eller en uppgörelse. Vi har ju misstänkt att droger varit inblandade."

"Fan, Thomas. Du tänker som en riktig spanare." Gunvor var imponerad. "De som sysslar med sådant är inte att leka med. De drar sig inte för att statuera exempel med de som inte håller sig till reglerna. Kanske hade Felix, Morgan och Alexander affärer ihop. Tänk om de startat en egen liten kartell. Något som Per kan ha varit del i. Vi vet i alla fall att han kände alla. Om jag har rätt kan han stå på tur. Jag håller med Elin om att vi borde ringa Per och kolla om allt är okej." Gunvor nickade mot Elin.

"Jag tror ni har rätt." Längre hann inte Hampus innan Gunvor avbröt honom med gäll röst.

"Vera." Plötsligt mindes Gunvor med skräck att Vera var på väg till Nämdö. "Per och Eva-Marie ska ut till Nämdö idag. Kanske är de redan där. Planen är att Vera ska komma ut med nästa båt. Ensam. Kan någon kolla tiderna? Jag ringer Per på en gång."

61.

När båten saktade ner för att angöra bryggan i Sand stod Per och Eva-Marie beredda. Per passade på att kasta ett öga på telefonen för att se om Vera hört av sig. Till sin förskräckelse såg han att den var urladdad. Fan också. Att han inte tänkt på att ladda den på båten? Men under resan hade han ägnat Marie all sin uppmärksamhet. Ivrig att få hennes förlåtelse. Få henne på gott humör.

De visade biljetterna för killen som dragit ut landgången och klivit i land före dem. När Per tog Eva-Maries hand insåg han hur länge sedan det var som de gått hand i hand. Han skämdes när han tänkte på hur han faktiskt tagit henne för givet och inte gett henne den där extra omsorgen som krävs för att hålla ett förhållande vid liv. Hon hade fått stå ut med mycket. För hans skull. Det visste han. Han var oerhört tacksam för att hon fanns kvar vid hans sida. För att hon stått ut. Det hade han också sagt till henne flera gånger det senaste dygnet.

När Eva-Marie som hastigast släppte hans hand för att hänga sin handväska på andra axeln råkade hon stöta till honom.

"Aj. Vad har du i väskan egentligen?"

Per överdrev lite för att skoja och lätta upp stämningen. För trots att Eva-Marie hade varit otroligt förstående och lyssnat på allt han sagt så verkade hon lite beklämd. Per förstod att det så klart måste vara fruktansvärt tungt för henne att få veta om hans dotter. Dels för att de själva aldrig fått några barn. Men framför allt för att Vera var ett bevis på hans otrohet.

Hon hade inte sagt ett enda anklagande ord. Bara lyssnat. Men han såg att det var svårt för henne. Eva-Marie hade aldrig varit särskilt pratsam.

204

Men sedan han kommit hem igen, kvällen innan, hade hon varit extra tyst. Vilket varit plågsamt uppenbart för honom som pratat desto mer.

"Inget som nån karl har med att göra i alla fall."

Det gladde honom att hon var på humör för att skämta tillbaka.

"Nej det är väl bäst så. När det kommer till handväskor är ni kvinnor ett mysterium."

Per skrattade åt sitt eget skämt och såg att Eva-Marie log lite. Det värmde hans hjärta. Han var tacksam för att de haft så lätt att hitta tillbaka till varandra. Även om han tagit med sig Vera från Sundsvall hade han inte varit helt säker på att Eva-Marie skulle gå med på att träffa henne. I alla fall inte på en gång. Han hade haft en alternativ plan att låta Vera träffa sina farföräldrar i så fall. För han var helt säker på att både hans pappa och mamma skulle bli överlyckliga över ett barnbarn. Även om det var utanför äktenskapet. Så pass moderna var de i alla fall. Men Eva-Marie hade inte haft några invändningar.

När han kvällen innan hade återvänt från Sundsvall hade Eva-Marie inte varit hemma. När han till slut hade skickat ett meddelande till henne hade hon svarat att hon var på hemväg. Kort och vardagligt. Som om tiden han varit borta redan var glömd. Det hade tagit ungefär en halvtimme innan hon kom hem. Eftersom klockan var runt elva tyckte han det var besynnerligt att hon inte var hemma som hon brukade. Samtidigt hade det slagit honom att han egentligen inte hade någon aning om huruvida hon brukade vara hemma på kvällarna när han själv inte var det. Han hade alltid bara utgått från det.

Hon hade verkat glad att ha honom hemma igen. Inte översvallande. Men på hennes eget sätt. Hon hade inte ställt några frågor. Men lyssnat tålmodigt på honom när han berättat. Han frågade inte var hon varit. Det hade inte känts som att han hade rätt att ställa den frågan eftersom han själv varit borta så många dagar utan att höra av sig.

I början hade det känts som självklart att han kunde ta sig det utrymmet. Särskilt med tanke på det stora och omvälvande som hänt honom. Att han hade en egen liten Vera. Men när han själv undrade varför inte Eva-Marie var hemma den kväll som han själv till slut återvände så förstod han, om än inte till fullo, hur hon måste ha känt sig.

De följde grusvägen en bit innan de svängde av in på stigen som ledde till deras hus. Solen hade just gått ner och det började bli mörkt. Det gjorde inget. De kunde båda den här stigen utantill. Per drog in doften av tall som var påtaglig trots kylan. Han släppte Eva-Maries hand och tog täten på den smala stigen. Han log för sig själv. Kände sig löjligt lycklig. Snart skulle Vera komma. Hon hade redan varit här. Första gången de träffades. För knappt en vecka sedan. Fina Vera som hade hans ögon. Som rynkade pannan på samma sätt som honom själv när hon försjönk i funderingar. Snart skulle de vara tillsammans. Alla tre. Han och hans tjejer.

Per stannade till på stigen och vände sig mot Eva-Marie.

"Är det något mer vi behöver prata om? Jag förstår om du är arg på mig eller funderar över något. Vi har ju redan pratat en del. Men jag vill gärna att luften är helt rensad när Vera kommer."

Han såg med värme på Eva-Marie men hon undvek hans blick.

"Nej, det är bra som det är. Du är hemma nu."

Hon försökte ta ett steg förbi honom och gå vidare på stigen. Men han tog tag i hennes axlar.

"Eva. Snälla."

"Jag fryser."

Han släppte genast taget om henne och hon fortsatte förbi honom.

All uppmärksamhet var riktad mot Gunvor när hon slog numret.

"Telefonen är avstängd."

Det var ett onödigt konstaterande. Alla hade förstått varför Gunvor la på så snabbt.

"Jag gissar att de tagit båten som är framme på Nämdö typ nu. Den gick 14:15 från Saltsjöbaden. Framme i Sand 15:50. Nästa båt går från Saltsjöbaden 17:55 och är framme 19:45." Elin var snabbast att förstå hur man läste tidtabellen.

"Det är nog dags att ringa dotterns mamma."

Thomas satte ord på det alla tänkte. Gunvor lyfte telefonen igen och letade fram Annikas telefonnummer. Innan hon ringde upp pekade hon frågande på Thomas sovrum.

"Självklart."

Thomas öppnade dörren, föste in henne och stängde efter henne. Gunvor satte sig på den mjuka sängen. Hon såg ut över ett Stockholm i skymning, medan hon lyssnade på signalerna som gick fram.

"Snälla svara." Gunvor viskade bönen tyst för sig själv om och om igen. Men ingen svarade. Så Gunvor skickade ett sms och bad henne ringa så fort hon kunde. Att det hastade.

När hon gick ut till de andra och berättade att hon inte fått något svar, kom Thomas med ett förslag.

"Vi åker dit."

"Hur menar du? Hur ska vi ta oss dit? Eller du tänker att vi hinner med nästa båt? När gick den nu igen?"

"Ursäkt men vi befinner oss på en båt. Visserligen är vi i Mälaren. Men när vi slussat och är ute i saltvattnet så går det fort. Det är hastighetsbegränsningar i sunden. Men om vi drar nu hinner vi fram innan Vera."

"Men vad ska vi göra där? Fråga om han sålt nåt knark på sistone? Det lär han ju knappast erkänna. Och det är trots allt bara våra spekulationer." Elin kände sig förvirrad.

"Jag tar ansvar för det. De får gärna bli arga på mig. Bara jag får se att de är oskadda. Om jag får möjlighet till ett samtal på tu man hand med Per kan jag berätta om den möjliga hotbilden utan att vara dömande. Om han är inblandad i skumma affärer förstår han säkert vår oro. Han lär ju inte erkänna. Men förhoppningsvis tänker han på Veras säkerhet."

63

Det var skönt att komma in i värmen i stugan. Per hade ingenting emot den bitande, salta vinden under den korta promenaden från bryggan. Närheten till naturen var obetalbar här ute i skärgården. Men nu såg han fram emot att tända upp i spisen och ta ett glas vin med sin älskling. Han skickade en tacksam tanke till den fantastiska, tekniska lösningen som gjorde att de numera kunde sätta på värmen via mobilen. Även om det inte var många dagar sedan han varit där så blev huset snabbt kallt och rått när det stod obebott.

"Fixar du brasa så fixar jag vin? Rött eller vitt?"

Per tänkte att Eva-Marie läst hans tankar. Eller så var det så de alltid brukade göra. Han mindes inte riktigt.

"Rött. Det passar bäst en så här kylig kväll. Det känns att vintern är på intåg."

Per tog fram mobilen och såg sig om efter laddaren som brukade ligga på hurtsen.

"Jag kan lägga den på laddning i köket." Eva-Marie i det närmste slet telefonen ur hans hand innan hon försvann ut i köket. Per ville protestera. Han måste ju höra om Vera ringde. Samtidigt ville han inte skapa mer konflikter med Eva-Marie. Det gjorde väl inget att telefonen var i köket en liten stund. Det skulle dröja flera timmar innan Vera var här. Han kunde hämta telefonen när den laddat lite.

Per tog god tid på sig att rigga i eldstaden. Det var ett moment han tyckte väldigt mycket om. När han till slut tände, med en lång braständsticka, tog det fyr direkt. Han blev sittande en stund och såg hur elden spred sig. Knastrandet och knäppandet från brasan var de enda ljuden han hörde i tystnaden. Han vände sig om för att ropa till Eva-Marie i köket och ryckte förskräckt till när han upptäckte att hon stod bakom honom med två glas vin i handen.

"Oj, jag hörde dig inte."

Hon bara log svagt och sträckte fram det ena glaset till honom. Sedan virade hon in sig i en av de vita filtarna som hängde över soffans armstöd och satte sig tillrätta bland sina änglakuddar.

"Skål."

Hon höjde sitt glas och tog sedan en klunk. Han gjorde samma sak.

"Skål, älskling."

Han log så kärleksfullt han bara kunde och drack sedan av vinet. Han var egentligen mer för vitt vin. Men eftersom han associerade det med det uteliv han ville lägga bakom sig kändes det bättre att dricka rött ikväll. Han tog några klunkar till och försökte strunta i den sträva smaken som han visste att man borde uppskatta. Det viktiga var ändå att han fick känna sig lite lagom avslappnad. Inte full. Inte nu när Vera skulle komma. Men lite lagom salongsberusad skulle vara okej. För att fira att allt var som det skulle. Vera var ju inte heller något småbarn. Kanske skulle hon till och med få smaka ett litet glas. Det var väl ändå bättre att ungdomarna provade hemma först så de lärde känna hur de reagerar på alkohol.

Han kom på sig själv med att ha försvunnit i sina egna tankar och tittade upp på Eva-Marie. Hon satt och såg på honom. Han kunde inte avgöra vilket känslotillstånd hon befann sig i. Det var ett problem han ofta hade. Han kunde tycka att hon såg arg ut fast hon sa att hon var glad. Men nu såg det nästan ut som om hon hade ett litet leende på läpparna. Hon klappade lite på sätet bredvid sig i soffan. Han reste sig från golvet och satte sig bredvid henne och sträckte fram sitt glas. Hon mötte med sitt i ett lätt klinkande. De drack igen. Det slog honom att rödvin faktiskt verkade

211

ge en snabbare avslappning och berusning än vitt vin. Men det hade en märklig, salt eftersmak.

Som om hon läst hans tankar virade Eva-Marie sig ur filten och sträckte sig efter hans glas. Han såg efter henne när hon gick ut i köket. Hon var fortfarande välbehållen. Vältränad. Han kunde inte komma ihåg när han sett henne naken sist. Det närmaste var väl när hon solat i bikini i somras. Det skulle bli ändring på det nu. Men det var bäst att ta ett steg i taget. För dem båda. Det skulle bli lite som att upptäcka varandra på nytt. Men nu behövde de inte stressa som ivriga ungdomar.

Han hörde hur hon hällde upp mer vin i glasen. Skulle han ropa och be henne ta med telefonen? Han bestämde sig för att låta bli. Han kunde hämta den själv. Snart. När det knastrade till i den öppna spisen vände han uppmärksamheten dit. Det var så fridfullt att se på. Eldens vackra dans. Hans tankar gled iväg till Vera. Han var så lycklig för att hon snart skulle vara här. Att de snart skulle vara tillsammans igen.

När Eva-Marie satte sig i soffan igen ansträngde sig Per för att hålla fokus på henne. De behövde inte prata. Så många ord hade redan blivit sagda det senaste dygnet. I alla fall av honom. Det hade varit så befriande att få berätta allt om mötet med Vera att han inte riktigt kom ihåg vad Eva-Marie sagt. Eller om hon sagt något. Inget som bitit sig fast i hans minne i alla fall. Han var mest lättad för att hon inte skällt ut honom. Eller rent av lämnat honom. Kanske var det dags att stämma av en sista gång innan Vera var här. Så att de kunde stänga dörren om det förflutna och starta helt på nytt.

"Hur känns det, gumman? Är det något du tänker på som du vill säga innan vår nya familjemedlem kommer? Eller fråga om?"

Eva-Marie bara såg på honom med sin intensiva blick. Plötsligt gick fingrarna upp till halsen och hon började snurra på halsbandet. En vana hon hade. Det var först när han såg den lilla ängeln på kedjan som han förstod att något var fel. Alldeles fruktansvärt fel.

De gick snabbare att ta sig igenom Hammarbyslussen än vad Gunvor förväntat sig. Men inte tillräckligt snabbt för att hinna till Saltsjöbaden innan färjan gick därifrån till Nämdö. Ett tag hade Thomas hoppats på att de skulle kunna plocka upp Vera där och skjutsa ut henne. Istället siktade de nu på att hinna före färjan till Sand.

Elin, som fått låna en mörkgrön tjocktröja av Thomas, satt uppkrupen i sätet bredvid honom i styrhytten. David gjorde dem sällskap. Han hade slagit sig ner på en stol bakom Thomas och Elin och kunde inte se sig mätt på det som passerade utanför fönstret. När det kom till båtar sträckte sig Davids erfarenhet inte längre än till några enstaka turer med roddbåt på någon skolutflykt i högstadiet. Men han hade alltid drömt om stora båtar som den här.

Så fort han klivit ombord på Thomas båt hade han tänkt på hur gärna han skulle vilja åka en tur. Han var överlycklig över att drömmen blivit sann så snabbt. Även om det så klart var synd att det var under så skrämmande premisser.

Thomas gasade på rätt bra. David gissade att han nog körde fortare än man fick. Men inte honom emot. Han njöt av båtens rörelser och ljusen från hus och lanternor som reflekterades i det svarta vattnet.

”Det här är Skurusunden.”

Thomas pekade ut vägen för Elin och David på sjökortet innan han svängde höger in i ett smalare sund.

”Värmdöleden.” Thomas pekade ut bron en bit framför dem.

Plötsligt lät motorn konstigt. Några sekunder senare tystnade den.

”Helvete!”

Per hade svårt att röra sig. Kroppen kändes väldigt, väldigt trög. Eva-Marie hade tagit glaset ur hans hand. Tur var väl det. För som det var nu hade han nog inte kunnat behålla greppet om det. Samtidigt hade han behövt en klunk till. Den där salta smaken i munnen gjorde honom törstig.

"Älskling. Halsbandet?"

"Ja, vad är det med det? Det är mitt, eller hur?"

Eva-Maries röst var sträng och kort. Det var i och för sig inget ovanligt med det. Så hade de pratat med varandra under många år. Det var en av sakerna han ville förändra nu. Att hon inte bara kunde förstå det. Men hon var ett besvärligt fruntimmer. Som alltid.

"Jag trodde du hade tappat bort det."

Per blev plötsligt rädd att han blivit avslöjad. Han försökte lugna sig med att det inte fanns en chans i helvete.

"Jag hittade det igen."

"Vilken tur. Var låg det? Under sängen?" Per tänkte att hon säkert köpt ett nytt. Han mindes tydligt att hon frågat var han köpt det. Hon hade väl trott att hon slarvat bort det och köpt ett nytt för att slippa erkänna det.

Per hade svårt att tänka klart. Han kände sig mycket mer berusad än vad han borde blivit av den lilla mängden vin han druckit. Nog för att han druckit en öl på båten också. Men han var man nog att klara mycket mer än så.

"Hur fan kunde du? Efter allt jag gjort för dig."

Eva-Marie var nu mer än sträng. Det fanns en irriterande, hysterisk överton i hennes röst.

"Allt du gjort för mig?" Per försökte uppbåda ett ironiskt skratt. Men kroppen lydde honom inte riktigt. Han förstod inte helt vad det var hon ville bråka om. Men han var fast besluten om att inte låta henne få övertaget. Det här var hans dag. "Det är du som lever på mig och inte tvärtom. Städhjälp betalar jag någon annan för."

"Men jag får dig att framstå som normal. Det är väl mer värt än något annat. Och nu ska vi plötsligt ha barn. Varför ska du dra in en stackars oskyldig flicka i den här soppan?"

"Det är min dotter."

"Du bryr dig väl inte om någon annan än dig själv."

"Men…"

"Ska hon också skriva på något slags förord så hon inte får några pengar ifall du tröttnar på henne?"

"Handlar det om pengar nu? Har du inte alltid fått allt du pekat på?"

"Jo, men ingenting är ju egentligen mitt. Inte ens det här." Hon höll demonstrativt fram ängeln.

Per kunde fortfarande inte avgöra om Eva verkligen visste. Han var inte redo att erkänna något som helst om hon inte lade bevisen på bordet.

"Men det är ju heller inte du som tjänar pengarna. Eller hur?"

Eva-Marie reste sig och lämnade rummet med en missbelåten fnysning.

Elin och David stirrade, lätt lamslagna, på Thomas. Hans ändlösa haranger av svordomar förvånade dem. Det kändes helt främmande för hans personlighet. Även om ingen av dem hade vana vid båtar sa det sig själv att det inte var bra om motorn la av mitt i allt.

"Helvetes jävla pissapa!"

Thomas bankade båda handflatorna hårt mot ratten.

"Thomas." Elin reste sig och la sin ena hand på Thomas axel. "Jag fattar att det är sjukt jobbigt. Men vi måste fokusera. Vet du vad det skulle kunna var för fel?"

David blev imponerad över Elins lugna sätt att ta kontroll över situationen.

"Jag vet inte." Thomas drog händerna genom håret om och om igen.

"Okej. Då gör vi så här. Jag googlar för att se om jag kan hitta något om motorstopp på båt. Eller ska jag leta efter något visst märke?"

"Bavaria."

"Okej. Bavaria." Elin började genast skriva in sökordet på sin telefon. "Du kan väl skriva en lista på saker du kommer på att det kan vara? Eller har du någon du kan ringa och fråga?"

När Gunvor dök upp i trappen med en undrande min vaknade David till liv.

"Kom. Vi tar det där nere."

"Varför stannar vi?" Hon väste fram sin fråga för att hennes röst inte skulle höras upp till styrhytten.

"Motorstopp. Som ni väl märker. Thomas vet inte varför. Men jag tycker att vi ger dem en chans att lösa det utan att störa dem."

"Jag kan hjälpa till. Jag är bra på bilar." Aidan väntade inte på något godkännande utan reste sig och försvann upp till Thomas och Elin.

"Jag kan byta däck på en cykel, men sedan tar kunskaperna slut. Så jag gissar att jag håller mig från räddningspatrullen."

Gunvor kunde inte låta bli att fnissa åt Hampus syrliga skämt. David tyckte inte det var lika kul. Han hade gärna varit en del av den så kallade räddningspatrullen. Samtidigt hoppades alla tre att de där uppe i styrhytten visste vad de höll på med.

"Eva-Marie!"

Eva-Marie var fortfarande i köket. Hade han bara orkat hade han gått ut till henne. Men han var så trött. Behövde vila en stund till. När hon till slut kom tillbaka till vardagsrummet hade han bestämt sig för att försöka sluta fred. Även om hennes otacksamma jargong irriterade honom något fruktansvärt.

"Älskade Eva-Marie. Jag vet att jag inte har varit den lättaste att leva med. Ja, ska vi vara ärliga så har jag väl varit helt omöjlig. Men det har alltid känts som om du trivts ändå. Jag hoppas att jag gett dig lite av vad du önskat dig i alla fall." Per kände sig fortfarande snurrig och sluddrade ofrivilligt när han pratade. Han struntade i vilket. Det viktigaste nu var att få Eva-Marie att förstå att han menade allvar. "Du vet att det är pappa som tvingat fram det där med äktenskapsförordet. Och jag kan köpa det. Det är trots allt hans företag. Eller hur?"

Han gjorde ett försök att se kärleksfullt på Eva-Marie trots att han hade svårt att fokusera blicken. Hon såg inte särskilt övertygad ut.

"Din pappa har styrt alldeles för mycket. Du är lika nervös och rädd för honom nu som när vi träffades första gången. Är det för hans skull du gifte dig med mig?"

"Va? Nä." Samtalet gick inte den väg som Per hade planerat.

"Är det för att han ska tro att du är normal? Handlar allt det här om honom?"

"Nej, men älskling. Så är det verkligen inte. Jag vill ju bara att vi ska bli en familj. Du och jag och Vera. Hon är den pusselbit som vi saknat."

"Hon är ingen pusselbit. Hon är ett bevis på att du har svikit mig."

"Hon är ett barn. Vårt barn."

"Knappast." Med det reste sig Eva-Marie ur soffan och försvann ut i köket igen. Per gjorde ett försök att gå efter men orkade fortfarande inte kliva ur soffan. Snart. Snart skulle han gå ut till Eva och tala henne tillrätta. Han behövde bara vila lite först.

När Thomas kom farande nerför trappen och försvann in i sovrummet ville ingen störa honom med att fråga hur det gick. Men hans iver gjorde att de kände ett hopp om att problemet var på väg att lösas. Det brakade till när han smällde upp en stor trälåda så locket slog emot väggen. Snabbt och hetsigt slet Thomas upp sak efter sak ur lådan och slängde på sängen. Plötsligt verkade han hitta det han sökte så ivrigt efter.

"Jag hade ett extra."

Det besvarades med jubel från styrhytten. Gunvor, David och Hampus beskådade det hela utan att ett ljud. Just nu var det viktigare att de fick igång båten än att de fick veta exakt vad som hände. Det hade redan gått tjugo minuter och det började redan bli tveksamt om de skulle hinna ikapp färjan.

"Nya tändstift." Thomas upplyste dem med ett leende på läpparna när han passerade dem igen. "Jag borde ha bytt för länge sedan."

Alla tre satt tysta som ljus och lyssnade på hur det arbetades en trappa upp. Dörren hade inte slagit igen efter Thomas så nu hörde de också vad de tre där uppe pratade om. De kunde förstå av samtalet att Thomas kände sig dum som gått helt i baklås när de fått motorstopp. Han försäkrade att han faktiskt kunde mer om båt-skötsel än vad det verkade. Att han gått i panik av tanken på att inte komma i tid till Nämdö. Både Aidan och Elin tröstade och Gunvor slogs av hur lyckligt lottad hon var trots allt. Hon som varit en sådan enstöring under många år hade nu fler och fler fantastiska människor omkring sig för varje dag som gick.

När motorn plötsligt startade drog alla en lättnadens suck. Men Gunvor kände att det nog inte var läge att slappna av riktigt än. Hon slog Manuels nummer och stängde in sig i sovrummet.

Per vaknade med ett ryck. Han hade tydligen slumrat till. Efter ännu ett misslyckat försök att ta sig ur soffan tittade han på sitt armbandsur. Han gissade att det snart var dags att möta upp Vera vid bryggan. Men han förstod sig plötsligt inte på sin egen klocka. Huvudet var så trögt.

"Eva-Marie?"

När hon dök upp i dörröppningen till köket fick han känslan att något obehagligt hade hänt. Men han kunde inte minnas vad.

"Det är nyheterna nu."

Eva-Marie satte på den lilla Tv:n bredvid öppna spisen och satte sig i soffan. Per försökte fästa blicken på mannen som pratade.

Det var alltså i Saltsjöbaden som en man påträffades avliden i en segelbåt. Den tekniska förundersökningen har visat att mannen bragts om livet för cirka två veckor sedan. Polisen uppmanar allmänheten att höra av sig om man har information...

Per hade svårt att hänga med. Rösten pratade så fort. Men skärmen fylldes av en bild på en båt som verkade bekant. Han kunde bara inte minnas varför. Men när bilden på båten ersattes av ett foto på en person greps Per av panik. Det var Felix. Han vände sin blick mot Eva-Marie som verkade leta efter något i sin handväska.

"Ah. Här är den."

Hon lyfte yxan så att han tydligt kunde se den.

"Jag ska strax gå och möta Vera. Vi får se om hon tar sig ända hit eller om det händer något på vägen." Hon log triumferande mot Per.

"Nej. Inte Vera. Hon är det finaste jag har."

Eva-Maries leende dog ut.

"Nej, det finaste du någonsin haft har du förstört för länge sedan. Du har förbrukat din rätt till något mer."

När de närmade sig Nämdö stod alla uppe i styrhytten. På grund av motorstoppet hade de inte hunnit ikapp Skärgårdsbåten. Men den var inom synhåll nu.

Gunvor hade pratat med Manuel flera gånger. Trots en intensiv insats från Gunvor hade han fortfarande inte låtit sig övertygas om att det var fara å färde. Till slut hade han i alla fall ringt en kompis som jobbade på sjöpolisen. Kompisen hade gjort samma bedömning men sagt att de hade en båt i närheten om läget blev kritiskt.

Gunvor och de andra visste inte vad mer de kunde göra. Det var ju inte på något sätt säkert att mördaren var ute efter någon av Cedergrens. Gunvor var inne på att ringa till Vera eftersom hon inte fått tag på Annika. Men antagligen gick det inte att prata med någon av dem utan att röra upp himmel och helvete. Att be Vera sitta kvar på båten och åka vidare var nog inte heller så bra idé. Att vara orsak till att en sextonåring var på väg ut i ytterskärgården alldeles ensam var inte det bästa valet om allt var frid och fröjd i Cedergrens sommarhus.

"Där är det." Thomas pekade på en brygga en bit bort.
"Skärgårdsbåten lägger strax till. Det är några på bryggan men det är för långt bort för att se vilka det är."

Vera tyckte att det var tråkigt att åka båt själv. Det hade varit fint den dagen när de hade åkt härifrån sist. Hon och pappa. Men nu var det kolsvart utanför. Hon längtade tills hon var framme.

Det hade varit så lätt att kalla honom pappa. Trots att hon hade haft en annan pappa i hela sitt liv. Nu hade hon plötsligt två. Hennes pappa i Sundsvall var snäll och så. Men med Per var det något annat. Hon kunde se sig själv i honom. Plötsligt kunde hon förstå sin egen känsla om att Sundsvall var för litet för henne. Förstå sin hejdlösa längtan ut i världen. Längtan efter ett liv fullt av äventyr. Och gärna lite lyx. Att ha de snyggaste och coolaste kläderna. Festa hela nätterna på exklusiva klubbar. Sån var hennes riktiga pappa. Han hade varit med om så mycket.

Hon frös lite. Hon hade hunnit bli riktigt kall när hon väntade på båten. Den nya bomberjackan från Acne var så snygg. Men inte särskilt varm. Innan de åkte till Sundsvall i söndags hade pappa Per visat henne de coolaste klädaffärerna. Det var något helt annat än det som fanns i Sundsvall. På Nitty Gritty hade han köpt ett par fina adidas-skor och jeans och på Aplace hittade han en supersnygg väska och keps. Allt till henne. Hon hade varit i paradiset.

Vera hade haft dåligt samvete för sin mamma. För att hon dragit till Stockholm själv utan att säga något. Hon kunde verkligen förstå att mamman blivit helt utom sig av oro. Men hon var glad att hon gjort det. Rest själv för att hälsa på pappa. Det hade blivit bättre än vad Vera någonsin vågat hoppats på.

Till slut hade hennes mamma lugnat sig. Väl tillbaka i Sundsvall hade de haft jättetrevligt tillsammans allihop. Till och med pappa Ove hade visat sig från sin bästa sida. När de åter var på väg ner mot Stockholm, hon och pappa Per, hade allt varit frid och fröjd. Men av någon anledning hade hon känt sig mer och mer orolig de senaste timmarna. Vera hade inte riktigt förstått varför hon inte kunde åka ut med Per och hans fru. Hon förstod inte heller varför han inte hörde av sig. Han hade ju lovat. Tänk om de hade ångrat sig och inte ens åkt till Nämdö. Då skulle hon vara ensam. Hon visste inte ens om hon skulle komma in i huset. Han hade visat var de brukade lägga nyckeln. Men hon kunde inte minnas om han lagt den där innan de åkte. Om inte, skulle hon behöva vara utomhus hela natten. Med den här kalla jackan skulle hon säkert frysa ihjäl. Och kom hon in skulle hon i alla fall inte kunna sova en blund. Så mörkrädd som hon var.

Hon kollade sin telefon igen. Inte för att hon skulle kunnat missa ett meddelande. Hon hade volymen på högsta. Fortfarande inget. Färjan skulle snart vara framme så hon bestämde sig för att ringa igen. Om han inte svarade nu heller måste hon ringa till mamma. Hittills hade hon inte velat oroa henne.

När telefonen plötsligt ringde blev hon så förskräckt att hon ryckte till och nästan tappade den.

Hatet hade tagit över Eva-Marie. Den besvikelse, sorg och känsla av otillräcklighet och svek som hon känt det mesta av sitt liv var som bortblåst. Hon hade ingen plan. Bara en massa vidriga tankar. Bilder i huvudet som hon inte kunde bli av med. Egentligen hade hon bara velat hitta Per och få hem honom. Rädda deras äktenskap. Övertygad om att han var på väg att lämna henne. Men nu visste hon inte längre vart det var på väg.

Per hade somnat igen. Hon hade lämnat honom som han var. Han kunde ändå inte röra sig. Det hade visat sig vara svårt att kontrollera någon med droger. Särskilt om man aldrig själv använt några. Det hade däremot varit lättare att få tag på än hon någonsin trott. Men eftersom hon aldrig köpt något sådant förut var hon medveten om att hon inte kände till spelreglerna. Att hon måste ha framstått som en väldigt annorlunda kund. Så ända tills Per började sluddra, där han satt i soffan, hade hon varit osäker på om hon verkligen fått med sig GHB eller om hon blivit lurad.

Eva-Marie tittade på sitt armbandsur. Flickan skulle snart vara här. Själv var hon nästan framme vid bryggan. Det var en kylig kväll. En isande bris blåste från havet. Det slog henne att man inte skulle överleva länge i det kalla vattnet. Att frysa ihjäl skulle tydligen inte vara så hemskt. Inte att drunkna heller.

Hon såg båten närma sig. Det var dags.

När Per vaknade till igen visste han inte var han befann sig. Allt var så bekant på något sätt. Men det var nästan omöjligt att få ordning på tankarna. Först efter någon minut kände han igen sig. Sommarhuset. Varför satt han här alldeles ensam? Plötsligt var minnet tillbaka. Paniken kom genast krypande. Han ropade på Eva-Marie. Inget svar. Inte minsta ljud. Hon verkade inte vara kvar i huset. Vilket bara kunde betyda en sak.

Minnet av yxan fick fart på honom. Han förmådde inte resa sig. Men han lyckades uppbåda tillräckligt mycket kraft för att glida ner på golvet. Långsamt kröp han i riktning mot hurtsen. Det kändes som om hela rummet gungade och han mådde illa. Fruktansvärt illa. Han blundade, men slutade inte kämpa. Med de sista krafterna sträckte han sig upp och fick tag på den fasta telefonen. Han hade redan lärt sig numret utantill. Hon svarade direkt.

"Pappa?"

"Lilla gumman. Kliv inte av. Eva-Marie... Eva-Marie... är galen."

Sekunden efter försvann verkligheten runt honom igen.

Eva-Marie kände igen den unga mannen som sköt ut landgången. Han jobbade ofta på den här turen. Men hon brydde sig inte om honom nu. Paret Johansson, som bodde en bit upp i backen, klev av och hälsade artigt. Sedan kom ingen mer.

"Ska du med, eller?"

Eva-Marie förstod inte. Hade Vera missat att båten var framme? Eller hade hon tänkt kliva av vid affären? Eva-Marie insåg att hon måste framstå som väldigt märklig där hon stod och stirrade utan att säga något. Så hon bestämde sig.

"Ja. Ursäkta."

Hon klev på. När båten lämnade bryggan gick hon för att köpa en biljett. Hon såg sig noga om i båtens café. Det var få resenärer och ingen av dem var tonåring.

När hon fått sin biljett stoppade hon den i plånboken. För att den inte skulle bli skrynklig. Som vanligt. Men inget annat var som vanligt längre. När hon lagt plånboken i handväskan lämnade hon caféet för att systematiskt och noggrant leta igenom båten.

Vera stod i mörkret uppe på däck och spanade när de närmade sig bryggan. En ensam kvinna stod där och väntade. Paniken, som redan hade henne i ett fast grepp, växte sig ännu starkare. Om några minuter skulle hon förhoppningsvis vara i säkerhet igen. Då skulle hon ringa mamma. Och polisen. Så de kunde rädda pappa.

Hon såg hur den unga mannen la ut landgången och släppte av två personer. Sekunderna kändes evighetslånga. Nästan som om tiden stod still. Vera väntade på att landgången skulle dras in och båten lämna bryggan.

Men de dröjde sig kvar. Situationen var märklig. De två nere på bryggan stod stilla. Alldeles för länge. Vad väntade de på?

Sekunden efter klev Eva-Marie på båten.

"Shit, shit, shit." Vera såg sig om. Det fanns ingenstans att gömma sig.

De bestämde att Gunvor, Aidan, Elin och David skulle springa upp till huset. Thomas och Hampus stannade i båten och höll den igång ifall de behövde komma därifrån snabbt.

Det gällde att vara beredd på allt. Trots smärtan, som skar som knivar i Gunvors knän, lyckades hon hålla bra fart genom skogsdungarna. Ingen syntes till genom fönstren. Gunvor knackade på. Sekunderna gick utan att någon hände. Hon knackade igen. Fortfarande inte ett ljud där inifrån. Beslutsamt lade hon sin hand på handtaget och tryckte ner det. Dörren var olåst. Tyst och försiktigt smög hon in. Tätt följd av de andra.

Det var oroväckande tyst i huset. Men så hördes ett tungt stönande. Alla fyra reagerade instinktivt och sprang in i vardagsrummet. Per låg på golvet. Han hade inga synliga skador.

"Kolla runt och se om ni hittar de andra två."

Gunvor gav ordern till David, Elin och Aidan samtidigt som hon satte sig på knä bredvid Per. Aidan sprang upp till övervåningen. David och Elin försvann ut igen.

"Per. Per."

Gunvor skakade Per allt vad hon kunde Först stönade han bara. Men plötsligt öppnade han ögonen och såg på Gunvor med ofokuserad blick.

"Var är Vera?" Gunvor talade med stark och tydlig röst eftersom Per verkade groggy.

"Båten… jag sa åt henne att stanna på båten."

"Och Eva-Marie?"

Pers ögonlock sjönk ihop. Gunvor skakade honom igen. Då vaknade han till och såg på henne med rädda ögon.

"Stoppa henne... hon har en yxa."

"Helvete!" Gunvor skrek sin frustation rakt ut. "Vi måste till andra bryggan. Kom."

Hon lämnade Per på golvet och sprang mot dörren. Aidan kom nerspringande från övervåningen och följde henne ut.

"David! Elin!"

David och Elin kom genast springande från baksidan av huset.

"Det är Eva-Marie. Hon är efter Vera. Vi måste stoppa henne. De är på båten. Spring till andra bryggan och ta er på den. Jag tar mig tillbaka till Thomas. Vi kommer efter. Nu får vi improvisera. Följ vägen rakt fram och håll till höger efter kyrkan. Spring!"

Thomas och Hampus fick genast syn på Gunvor när hon kom springande nerför backen. De hade hållit utkik ända sedan de fyra hade gett sig av mot sommarhuset. När Gunvor kom springande reagerade Hampus spontant med att springa och möte henne.

"Vi måste åka." Gunvor gestikulerade för att få honom att vända. "Vi måste hinna ikapp skärgårdsbåten. Vera och Eva-Marie..."

Mer kunde hon inte få ur sig. Alltför andfådd av springturen. Thomas ställde sig vid rodret igen. Så fort Hampus hjälpt Gunvor på båten, gasade han upp och svängde ut från bryggan.

Eva-Marie hade letat igenom hela färjan. Flickan fanns ingenstans. Det enda stället hon inte letat på var toaletterna. Hon ställde sig och väntade utanför. Två var upptagna. Ganska snart kom en äldre kvinna ut från den ena. När det gått några minuter knackade Eva-Marie försiktigt på det återstående, låsta dörren.

"Vera?"

När hon inte fick något svar knackade hon hårdare och hennes röst blev skarpare.

"Vera. Kom ut."

Båten krängde till. Eva-Marie gick ut i gången och såg bort mot fören. Det verkade som att det var dags att stanna vid nästa brygga. Ett fåtal personer, av den redan lilla skaran passagerare på den här kvällsturen, gjorde sig i ordning för att kliva av.

Eva-Marie tog upp yxan ur sin handväska.

"Vera. Jag har en yxa. Om du inte kommer ut kommer jag att hugga mig in. Förstår du? Kom ut, din lilla skitunge."

Ilskan hade hunnit ikapp Eva-Marie igen. Hon bankade hårt på dörren. Så hördes ett ljud inifrån toaletten och den röda markeringen blev grön. Eva-Marie tog ett steg tillbaka. För säkerhets skull. Hon visse inte om Vera hade planerat något. Men det hade inte Vera. Dörren öppnades långsamt. Ett par rädda ögon kikade fram. De stirrade på henne från ett ansikte som var en total kopia av Per som ung. Eva-Marie blev så chockad att hon kom helt av sig. Att en ung kvinna kunde vara så lik Per. I flickans ansikte kunde Eva-Marie tydligt se det som hon förälskat sig i. Den sköra, oskuldsfulla utstrålningen och de finlemmade dragen. Det som falnat från Pers ansikte med åren. Som ersatts av ett småplufsigt ansikte, förstört av sena nätter och alltför många drinkar.

"Marie."

Eva-Marie hade inte hört dem komma. Plötsligt stod de bara där. Aidan och två av de unga människorna som de träffat på när de letat efter Per. De som Aidan låtsats som att han inte kände. Hon skyndade sig att ta upp yxan. Väskan slängde hon på golvet. Den behövde hon inte mer.

"Marie. Kan du ge mig yxan?"

Aidans röst var uppmanande. Eva-Marie kände sig plötsligt väldigt trött. Färjan gungade till när den lämnade bryggan.

"Marie."

När Aidan tog ett steg närmare och sträckte ut sin hand mot yxan höjde hon den över huvudet.

"Flytta på er."

"Marie. Gör det inte värre." Aidan försökte låta lugn på rösten. Trots att hela han var ett kaos av rädsla. Han sneglade lite snabbt på Vera för att se om hon var okej. Även hon såg panikslagen ut. Hon var i alla fall inte fysiskt skadad så vitt han kunde se.

"Du var min vän." Eva-Marie såg anklagande på Aidan.

"Jag är fortfarande din vän. Jag vill hjälpa dig."

Han tog ett steg till mot henne. Hon reagerade blixtsnabbt genom att svinga yxan mot honom. Aidan kastade sig undan när han såg att klingan närmade sig i rasande fart. Den träffade yttersta delen av axeln. Yxan gled vidare nerför armen. Aidan föll till golvet med ett vrål. När Eva-Marie höjde yxan igen backade David och Elin. Vera slog igen dörren till toaletten.

Eva-Marie fick ny kraft av raseriet som växte i henne. Ingen skulle förstöra hennes plan. Hon slog med all sin kraft på trädörren till toaletten. Flisorna yrde. Vera skrek. Hon ville inget hellre än att få tyst på henne.

Båten krängde till igen. Eva-Marie tittade ut i gången. Aidan låg på golvet. Hans unga vänner hade släpat honom en bit in i caféet. Det var blod på golvet. Alla stirrade på henne. Tysta. Rädda.

Hon höjde yxan igen. Tog i allt vad hon kunde. Den fastnade i dörren. Eva-Marie drog och slet. Men den satt fast. Hon släppte den och bankade med knytnävarna.

"Kom ut din lilla skit." Hon skrek. Men det var som om krafterna börja rinna ur henne.

Båten krängde till igen. Genom fönstret kunde Eva-Marie se en annan båt. Den hade lagt till sida vid sida. Någon var på väg över. När dörren öppnades kände hon genast igen Gunvor.

"Är alla emot mig? Varför ger sig ingen på Per? Fattar ni inte att allt är hans fel?

Eva-Marie såg på deras blickar att de inte förstod. Inte en endaste av dem. Hon vände dem ryggen och sprang uppför trappan och ut på däck.

Gunvor sprang efter Eva-Marie. Men akterdäcket var spöklikt tomt. David, som varit hack i häl, böjde sig för att titta under bänkarna. Men det var ingen där. Det fanns ingenstans att ta vägen härifrån. Förutom ner i havet.

Thomas cirklade långsamt runt. När kaptenen på den lilla färjan fått situationen förklarat för sig slog han på en strålkastare. Den svepte över vattenytan. Om och om igen. Men Eva-Marie var borta.

När polisen anlände blev hela gänget eskorterade till Cedergrens sommarstuga. Per hade piggnat till något. Men fick ändå åka med ambulanshelikoptern till Södersjukhuset efter ett kort, första förhör. Aidan blev också transporterad till sjukhuset. Trots att en av matroserna lyckats stoppa blödningen hade Aidan förlorat en hel del blod. Han var svag och behövde sys.

Det hade tagit en stund att få Vera att öppna dörren till toaletten. Men när hon väl förstod att faran var över hade hon lugnat sig ganska snabbt. Efter samtal med Veras mamma Annika, som de till slut fick tag på, bestämde de att Vera skulle stanna i Gunvors beskydd. Annika skulle komma med första morgontåget så hon kunde vara med när Vera skulle höras av polisen.

Det var långt efter midnatt innan alla gett sin historia till polisen och de till slut fick styra hemåt. Hela gänget höll Thomas sällskap i styrhytten. Gunvor hade öppnat dunken med vin och bjudit runt. Hon hade också fixat en termos med kaffe till Thomas och Vera. Det skulle bli en lång natt.

"Tänk att det var hon."

Gunvor satte ord på det alla tänkte. Att Eva-Marie kallblodigt hade mördat tre personer. Exakt hur hon hade tänkt slutföra sin plan för Vera och Per skulle de nog aldrig få veta.

David var fortfarande chockad över hennes galna uppsyn när hon huggit mot Aidan.

"Man undrar vad som fick henne att gå över gränsen."

"Kanske letade hon till en början efter Per för att hon var orolig och ville hitta honom. Men redan innan ni träffades måste hon ha förstått. Eftersom hon letade på de klubbar som hon gjorde. Frågan är vad som fick henne att mörja mörda."

"Vi vet att Per hade en relation med både Alexander och Morgan. Där måste det ha handlat om ren svartsjuka." Gunvor spekulerade vidare.

"Men hon var antagligen på väg att ge sig på Hampus och han har inte haft med Per att göra." David menade kvällen då hon följt efter dem till Fruängen.

"Men han sa att Per var gammal. Hon blev väl kränkt." Elin hade lagt märke till Maries märkliga min efter Hampus uttalande. Först nu insåg hon vad den betydde.

"Men Felix då?"

"Han sålde sex. Inte knark. Per hann berätta innan han togs till helikoptern. Han såg på nyheterna vad som hänt och då föll bitarna på plats. Eva-Marie måste ha fått reda på det på något sätt. Frågan är bara hur.

EPILOG

Lördag 24 oktober

Hon har tänkt på det länge. På hur Per har behov som hon aldrig riktigt har bemött. Hon inser att hon själv bär skuld för hans beteende. Att det faktiskt är hon som har tvingat honom att stilla sina lustar på annat håll. I långa perioder har hon knappt brytt sig. Tänkt att det är rätt okej att han ligger med andra. Bara hon slipper. Tänkt att det bara bevisar vilken man han är.

Eva-Marie är inte som Per. Har aldrig varit. Faktum är att hon är den udda. Hon älskar Per. Men hon har svårt att stå ut med närheten till honom. Har alltid haft. Med alla. Inte för att det varit så många. Men ändå. Tillräckligt många för att hon ska förstå att det är hon som är annorlunda. Hon har sett det som sin rätt.

Men på senaste tiden har det börjat oroa henne. När han allt oftare verkar frånvarande. Tänk om han drömmer om att kunna leva med en kvinna som kan tillfredsställa hans behov? Han är en bit över 50. Ingen ungdom längre. Nog för att han fortfarande är snygg och vältränad och kan charma de flesta. Men det tär väl även på honom att vara uppe sent på nätterna.

Hon gissar att själva jakten är upphetsande i sig. Men med åren har det säkert också blivit tröttsamt. Hon har alltid hoppats att hans lust ska falna med åren. Den önskan verkar inte slå in.

Så det är dags. Dags för henne att ge honom vad han vill ha. Bita i det sura äpplet och göra vad som behövs för att inte förlora sin man. Sin man och sin ekonomiska situation. Deras äktenskapsförord skulle inte ge henne mycket om han lämnade henne.

Han vet inte att hon är på väg. Han har gjort klart för henne att han vill vara själv ute i stugan. Mycket jobb. Hon gissar att han mest vill vara ifred. Ifrån henne. Att de har kommit till en punkt där det är nu eller aldrig. Han glider ifrån henne och hon måste göra allt som krävs för att stoppa det.

De andra på skärgårdsbåten undrar säkert varför kvinnan med gummistövlar och en sliten parkas är så uppsminkad. De ser inte de nyinköpta underkläderna. Det enda hon har under. Spets och annat trams. Med parkasen långt uppdragen i halsen stirrar hon ut i skymningen medan hennes tankar störs av hur bh:n skaver under brösten.

Resan blir en pina. Samtidigt som hon längtar efter att komma fram och visa honom sin överraskning är hon nervös. Som alltid när hon är orolig letar sig hennes hand till halsen. Men halsbandet är inte där. Halsbandet som hon fått av Per. Halsbandet med den lilla ängeln som gett henne tröst när det känts tungt eller ensamt. Halsbandet som plötsligt var spårlöst borta.

Tänk om han inte gillar hennes tilltag. Tänk om han inte attraheras av henne längre. Det svindlar till av obehag när hon tänker på det. Men sekunden efter tröstar hon sig med att han fortfarande är kvar hos henne. Trots alla andra.

Äntligen är hon framme. Hon är den enda som kliver av i Sand. Det lyser i de små röda stugorna närmast bryggan. Hos grannarna som brukar heja med en vinkning. Allt som oftast brukar hon se dem stå i fönstret och titta nyfiket efter de som kommer med båten. Inte ikväll.

Hon följer grusvägen en bit. Viker av på stigen som leder till deras hus. Även om hon är nervös lugnas hon av att vara i skogen. I sin skog. Ett svagt leende spricker upp när hon drar in doften av tallbarr och mossa.

Det lyser i huset. Eftersom de inte har några grannar nära så drar de aldrig för vare sig gardiner eller persienner. Hon stannar till och ser efter honom. Hon föreställer sig att han sitter i soffan med sin laptop i knät, försjunken i sitt arbete och med ett glas vin framför sig. Kanske några oliver i en skål.

Då ser hon honom. Hans överkropp. Men det är inte som hon just föreställt sig. Han är naken. När hon lyckats fokusera blicken ser hon hur han rör sig långsamt och rytmiskt. Rörelsen kommer från höfterna. Plötsligt lutar han huvudet bakåt och lyfter ena handen bakom nacken. Hon kommer på sig själv med att tänka att det ser fånigt ut.

Då ser hon den andre. Han har tydligen suttit på golvet framför Per. Men nu ställer han sig upp. De kysser varandra.

Vad i helvete?

Hon stannar upp. Oförmögen att röra sig. Det går inte längre att andas. Något ligger som en järnhand runt hennes hals. Hon kan inte slita blicken från de två männen. De gör saker som hon aldrig någonsin ens kunnat föreställa sig att män gjorde med varandra.

Det känns som att hon dör i den stunden. Förgörs av sorg, äckel, svek och ilska. Förgörs av att hon står där med underkläder som hon för sitt liv inte vill bära. Men som hon bär för hans skull.

Hon blir stående på samma plats. Deras akt därinne är snart över. Männen klär på sig. Men hon är som fastfrusen i skogsdungen. Fastfrusen och oförmögen att göra annat än att stirra mot huset. Männen pratar och skrattar därinne. Per räcker över något som verkar vara ett kuvert. Ett kuvert som den andra mannen tittar ner i innan han nickar mot Per. En uppgörelse där båda verkar nöjda.

De försvinner ur hennes synfält. Efter några minuter hör hon ytterdörren öppnas. Trots att det är mörkt nu, och omöjligt att se henne, drar hon sig ändå in i skyddet av en tall. Ställer sig bakom den breda stammen och kikar fram för att se vad som ska hända härnäst.

"Tack Felix."

"Tack själv."

Hon hör hur männen skrattar och säger hej då innan dörren slår igen. Strax efter kommer mannen, som just gjort det mest vedervärdiga mot Per, strosande runt husknuten och tar riktning mot deras brygga. Hon smyger efter så tyst hon kan. När hon passerar vedförrådet rycker hon, halvt omedvetet, yxan ur huggkubben.

Han är snart i båten och startar motorn. Utan att hinna tänka sig för går hon fram ur skuggorna och lossar på den sista tampen innan han ser henne. Hon hinner uppfatta hans förvånade min när hon hoppar ner i båten.

"Hjälp", viskar hon och pekar in mot land med spelad skräck.

Han vänder sig genast om och spanar ut i mörkret. Det är allt som behövs för att hon ska bestämma sig. Hon slår så hårt hon kan. Han faller redan efter första slaget. Men hon fortsätter. Tills han ligger helt stilla. Tills han för länge sedan har slutat andas.

Sedan styr hon, med van hand, ut i fjärden. Det är mörkt. Ingen annan är ute på vattnet. Det var länge sedan hon körde båt. Men vanan är kvar. Vanan att styra båten. Vanan att vara ensam. Övergiven. Osynlig. Hon kämpar för att andas. Kämpar för att få luft.

Det är stökigt i förarhytten. Färgglada posters ligger utslängda huller om buller. Hon försöker ordna dem i högar. Lugna sig. Det tar en stund innan hon ser vad det är. Reklam för ställen där män kan mötas. Hon sveper ner dem i sörjan på golvet. De flesta i alla fall. Några av dem lägger hon i fickan.

Hon är tacksam för att mannen hade en mössa på sig som dämpade blodstänket. Hon är tacksam för hinken som hon kan använda för att skölja av sig. Hon är tacksam för den öde plats hon hittar att ankra på. Hon är tacksam för att hon har sinnesnärvaro att torka bort sina fingeravtryck i båten. Hon är tacksam för att det finns en liten gummibåt på släp.

Hon är tacksam att ingen verkar se henne när hon kliver i land för änden av Båtsmans backe strax efter midnatt. Hon är också tacksam för att mannen hade en lång regnjacka i båten som hon kan ha när hon tar första morgontåget från Neglinge station. Men det är också det enda hon är tacksam för.